CÓMO CONSEGUÍ MI CABEZA HUMANA REDUCIDA

Escalofríos®

CÓMO CONSEGUÍ MI CABEZA HUMANA REDUCIDA

R.L. STINE

SCHOLASTIC INC.
Nueva York   México Toronto   Londres   Auckland
Sydney   Buenos Aires   Nueva Delhi   Hong Kong

The *Goosebumps* book series was created by Parachute Press, Inc.

ISBN 0-439-67051-9

12 11 10 9 8 7 6 5 4 3 2 1   4 5 6 7 8 9/0

Printed in the U.S.A.   40

First Scholastic Spanish printing, October 2003
Original title *GOOSEBUMPS: How I Got My Shrunken Head*

CÓMO CONSEGUÍ MI CABEZA HUMANA REDUCIDA

¿Alguna vez han jugado *Rey de la selva?* Es un juego de computadora y es realmente genial. A menos que te hundas en la fosa de arena movediza o que las parras vivientes te aplasten.

Tienes que ser rápido para balancearte de parra en parra sin permitir que se enrosquen alrededor de tu cuerpo. Y atrapar las cabezas humanas reducidas que están escondidas debajo de los árboles y los arbustos.

Si atrapas diez cabezas reducidas, obtienes una vida extra. Necesitas *un montón* de vidas extra en este juego. No es para principiantes.

Mis amigos Eric y Joel juegan *Rey de la selva* conmigo. Tienen doce años como yo. Mi hermana Jessica tiene ocho. Se la pasa dando vueltas por donde estamos cuando jugamos, pero no la dejamos jugar. Porque siempre se avienta a las fosas de arena movediza. Le gusta el sonido de *glup, glup, glup* que se escucha cuando tu cuerpo se está hundiendo.

Jessica no comprende el juego.

—Mark, ¿por qué no podemos jugar un juego

diferente? —me preguntó Joel.

Sé porqué quiere dejar de jugar. Acaba de pisotearlo un rinoceronte rojo, el más malvado de todos los que hay.

Durante nuestras vacaciones escolares de verano, Joel, Eric y yo nos la pasamos arriba, en mi cuarto, en la computadora. Mientras que Jessica, sentada junto a la ventana, leía un libro. La luz del sol caía sobre ella, haciendo que brillara su rojo cabello.

—¡Kah-li-ah! —grité al atrapar mi octava cabeza reducida. Kah-li-ah es mi grito de la selva. Es una palabra que se me ocurrió de pronto, supongo que yo la inventé.

Mi cara estaba a cinco centímetros del monitor de la computadora. Me agaché cuando desde atrás de un helecho lleno de hojas, aparecieron unas lanzas volando hacia mí.

—¡Kah-li-ah! —lancé mi grito de batalla cuando atrapé otra cabeza reducida.

—Vamos, Mark —Eric rogó—. ¿No tienes otros juegos?

—Sí. ¿No tienes juegos de deportes? —preguntó Joel—. ¿Qué tal *Baloncesto loco en marcha?* ¡Ése es un juego genial!

—¿Y *Fútbol mutante?* —preguntó Eric.

—Me gusta este juego —contesté, con los ojos fijos en la pantalla.

¿Por qué me gusta tanto *Rey de la selva?* Creo que es porque me encanta balancearme de parra en parra a través del cielo.

Verán, soy algo regordete. En realidad, soy bajito y regordete. Me parezco un poco a los rinocerontes rojos. Y por eso creo que me gusta ser capaz de balancearme tan alto, volar sobre la tierra como un ave.

También porque es un juego *sorprendente*.

A Joel y Eric no les gusta porque yo siempre gano. En nuestro primer juego de esta tarde, un cocodrilo partió en dos a Joel. Supongo que eso lo puso de mal humor.

—¿Saben qué juego me compró mi papá? —preguntó Joel—. *¡Batalla solitaria!*

Me acerqué más a la pantalla. Tenía que pasar a un lado de la fosa de arena movediza más grande de todas. Con un solo resbalón, me hundiría en el limo arenoso.

—¿Qué tipo de juego es ése? —le preguntó Eric a Joel.

—Es un juego de cartas —Joel le dijo—. Ya sabes, Solitario. Sólo que las cartas combaten unas con otras.

—Genial —contestó Eric.

—Oigan, chicos… estoy en un lugar difícil —dije—. Déjenme en paz, ¿está bien? Tengo que concentrarme. Estoy justo sobre la fosa de arena movediza.

—Pero nosotros ya no queremos jugar —se quejó Eric.

Me sujeté a una parra. Me balanceé con fuerza. Después me estiré para alcanzar la siguiente.

Y entonces alguien me golpeó el hombro.

—¡Aaaay!

Vi de reojo unos mechones de cabello rojo y supe que había sido Jessica. Me golpeó otra vez y se echó a reír.

Me vi a mí mismo cayendo en la pantalla. Y hundirme en la fosa de limo sin fondo.

Glup, glup, glup. Morí.

Me di la vuelta enojado.

—¡Jessica!

—¡Es mi turno! —dijo con una gran sonrisa, enseñando los dientes.

—¡Ahora tenemos que empezar desde el principio otra vez! —anuncié.

—De ningún modo —protestó Eric—. Me voy a casa.

—Yo también —dijo Joel, acomodándose su gorra de béisbol.

—¡Un juego más! —les rogué.

—Vamos, Mark. Hay que ir afuera —dijo Joel, señalando la brillante luz del sol que entraba por la ventana del cuarto.

—Sí. Es un día excelente. Hay que jugar *Frisbee* o algo así —sugirió Eric—. O hay que sacar las patinetas.

—Un juego más. Después vamos afuera —insistí.

Los vi dirigirse a la puerta.

Realmente no quería dejar de jugar el juego de la selva. No sé porqué me gustan tanto las selvas. Pero he estado obsesionado con ellas desde que era un niñito.

Me gusta ver las viejas películas sobre selvas en la televisión. Y cuando éramos pequeños, jugábamos a

4

que yo era Tarzán, el rey de la selva. Jessica siempre quería jugar también. Por eso la dejaba ser Chita, el chimpancé que hablaba.

Era muy buena para hacer eso.

Sin embargo, después de que cumplió seis o siete, Jessica se negó a ser chimpancé. En lugar de eso se convirtió en una plaga de tiempo completo.

—Yo juego *Rey de la selva* contigo, Mark —me dijo después de que mis dos amigos se fueron.

—De ningún modo —contesté, sacudiendo la cabeza—. Tan sólo quieres aventarte a la fosa de arena movediza.

—No. Jugaré como debe ser —prometió—. Intentaré ganar esta vez. En serio.

Estaba a punto de dejarla jugar cuando el timbre de la puerta sonó.

—¿Mamá está en casa? —pregunté, intentando escuchar sus pasos.

—Creo que está en el patio trasero —contestó Jessica.

Por lo tanto, me dirigí apresuradamente a contestar. Tal vez Eric y Joel habían cambiado de opinión. Tal vez estaban de vuelta para jugar otra ronda de *Rey de la selva*.

Abrí la puerta delantera.

Y me quedé viendo fijamente la cosa más asquerosa que he visto en mi vida.

2

Lo que vi fue una cabeza.

Una cabeza humana, arrugada y hecha de piel. Aproximadamente del tamaño de una pelota de tenis.

Los labios secos y pálidos estaban estirados hacia atrás en una sonrisa. El cuello estaba cosido con hilo negro grueso. Unos ojos completamente negros, me miraban fijamente.

Una cabeza humana reducida... ¡Una cabeza reducida de verdad!

Me sentí tan conmocionado, tan *sorprendido* en serio por haber encontrado eso al abrir la puerta de mi casa, que me tomó un largo rato percatarme de la mujer que lo sostenía.

Era una mujer alta, aproximadamente de la edad de mamá, tal vez un poco mayor. Tenía cabello negro y corto con rayos grises. Llevaba puesto un impermeable largo abotonado hasta la parte superior aunque era un día soleado y caluroso.

Me sonrió. No pude ver sus ojos. Estaban ocultos

tras unas grandes gafas de armazón negro.

Sostenía la cabeza reducida por el cabello, un cabello negro y grueso. En la otra mano llevaba una maletita de lona.

—¿Eres Mark? —preguntó. Tenía una voz suave y melosa, como una actriz de comercial.

—Mmm… sí —contesté, mirando fijamente la cabeza reducida. Nunca se ven tan *feas* en las fotos que había visto. Tan arrugadas y secas.

—Espero que no te haya sorprendido con esta cosa —dijo sonriendo la mujer—. Estaba tan ansiosa de dártela que la saqué de mi bolsa.

—Eh… ¿dármela? —pregunté sin quitarle los ojos de encima a la cabeza. Ésta me miraba fijamente con aquellos ojos negros de vidrio. Parecían más los ojos de un oso de peluche que de un ser humano.

—Tu tía Benna te lo envía —dijo la mujer—. Es un regalo.

Me dio la cabeza. Pero yo no la tomé. Me había pasado todo el día atrapando cabezas reducidas en el juego. Sin embargo, no estaba seguro de querer tocar ésta.

—Mark… ¿quién es? —mi mamá apareció detrás de mí—. Ah.... ¡Hola!

—Hola —contestó la mujer agradablemente—. ¿Benna escribió y les dijo que iba a venir? Soy Carolyn Hawlings. Trabajo con ella. En la isla.

—¡Oh, por dios! —Exclamó mamá—. La carta de Benna debe haberse perdido. Entra. Entra. —Me jaló hacia atrás para que Carolyn pudiera entrar a la casa.

—Mamá, mira lo que trajo para mí —dije señalando la cabecita verde que colgaba del cabello en la mano de Carolyn.

—¡Guac! —gritó mamá, llevándose una mano a la mejilla—. No es de verdad, ¿o sí?

—¡Por supuesto que es de verdad! —grité—. Tía Benna no enviaría una *falsa, ¿o sí?*

Carolyn entró a la sala y bajó su maletita. Respiré profundamente. Me di valor. Y estiré la mano hacia la cabeza reducida.

Sin embargo antes de que pudiera tocarla, Jessica entró… y la tomó de la mano de Carolyn.

—¡Oye…! —grité, alcanzándola. Se alejó rápidamente, riéndose, con su rojo cabello volando detrás de ella. Llevaba la cabeza en sus dos manos.

Luego se detuvo.

Su sonrisa se desvaneció. Y se quedó viendo horrorizada la cabeza.

—¡Me mordió! —gritó Jessica—. *¡Me mordió!*

3

Me quedé sin aliento. Mamá me apretó el hombro.

Jessica empezó a reírse, era una de sus tontas bromas.

Lanzó la cabeza de una mano a la otra y me sonrió.

—Eres un tonto, Mark. Crees cualquier cosa.

—¡Tan sólo regrésame mi cabeza! —grité enojado. Me lancé a través de la sala y agarré la cabeza.

Ella empezó a jalarla para quitármela, pero yo la sujeté con firmeza.

—¡Oye… la arañaste! —chillé.

Era cierto. Sostuve la cabeza cerca de mi cara para examinarla. Jessica le había hecho un largo rasguño blanco en el lóbulo de la oreja derecha.

—Jessica… por favor —suplicó mamá, cruzando los brazos y bajando la voz. Eso es lo que hace mamá cuando está a punto de estallar. —Compórtate. Tenemos una visita.

Jessica cruzó los brazos y le hizo un puchero a mamá.

Mamá se dio la vuelta hacia Carolyn.

—¿Cómo está mi hermana Benna?

Carolyn se quitó las gafas y las guardó en el bolsillo del impermeable. Tenía ojos plateados. Se veía más grande sin las gafas puestas. Pude ver cientos de diminutas arrugas en el borde de sus ojos.

—Benna está bien —contestó—. Trabajando duro, demasiado duro. Algunas veces desaparece dentro de la selva durante varios días.

Carolyn suspiró y empezó a desabotonarse el impermeable.

—Estoy segura que sabes que el trabajo es la vida de Benna —continuó—. Pasa todo el tiempo explorando la selva de Baladora. Quería venir también, pero no pudo dejar la isla. En vez de eso, me envió a mí.

—Bueno, mucho gusto de conocerte, Carolyn —dijo mamá calurosamente—. Siento no haber sabido que ibas a venir, pero cualquier amigo de Benna es más que simplemente bienvenido.

Tomó el impermeable de Carolyn, ella estaba vestida con pantalones color caqui y una camisa de manga corta del mismo color. Su ropa parecía realmente un traje para explorar la selva.

—Ven, siéntate —mamá le dijo—. ¿Qué te gustaría tomar?

—Estaría bien café —contestó Carolyn. Empezó a seguir a mamá a la cocina, pero se detuvo y me sonrió.

—¿Te gustó tu regalo?

Miré la arrugada cabeza de piel que tenía en las manos.

10

—¡Es hermosa! —exclamé.

Aquella noche antes de irme a la cama, coloqué la cabeza en mi cajonera, cepillé hacia atrás su espesa cabellera negra. La frente era color verde oscuro y estaba arrugada como una ciruela pasa. Los negros ojos de vidrio miraban fijamente hacia adelante.

Carolyn me dijo que la cabeza tenía más de cien años. Me incliné contra la cajonera y la miré fijamente. Era muy difícil creer que alguna vez hubiera pertenecido a una personal real.

¡Guac!

"¿Cómo habrá perdido la cabeza esa persona?", me pregunté.

¿Y quién había decidido encogerla? ¿Y quién la había conservado después de que la habían reducido?

Deseé que tía Benna estuviera aquí. Me hubiera explicado todo eso.

Carolyn dormía en el cuarto de huéspedes que está abajo del recibidor. Habíamos estado sentados en la sala, platicando sobre tía Benna toda la noche. Carolyn describió el trabajo que tía Benna está realizando en la isla selvática y las cosas sorprendentes que está descubriendo ahí, en Baladora.

Mi tía Benna es una científica bastante famosa, ha estado en Baladora más de diez años. Estudia los animales de la selva y también la vida vegetal.

Me encantó escuchar las historias de Carolyn. Era como si mi juego de computadora, *Rey de la selva*, se hiciera realidad.

11

Jessica quería seguir jugando con mi cabeza reducida, pero yo no tenía ninguna intención de permitírselo. Ya le había arañado la oreja.

—No es un juguete. Es una cabeza humana —le dije a mi hermana.

—Te cambio dos de mis pelotas Koosh por la cabeza —ofreció mi hermana.

¿Acaso estaba *loca?*

¿Por que habría de cambiar un tesoro invaluable como ése por dos pelotas Koosh?

Algunas veces me preocupa Jessica.

A las diez de la noche, mamá me envió a mi cuarto.

—Carolyn y yo tenemos algunas cosas de que hablar —anunció.

Le di las buenas noches y me dirigí al piso de arriba. Coloqué la cabeza reducida sobre mi cajonera y me puse mi pijama. Los oscuros ojos de la cabeza parecieron relampaguear por un segundo cuando apagué la luz.

Me subí a la cama y levanté las cobijas. La luz plateada de la Luna bañaba el cuarto desde la ventana y podía ver claramente la cabeza que me miraba fijamente desde la cajonera, bañada en sombras.

"Qué horrenda sonrisa tiene —pensé estremeciéndome. ¿Por qué tiene esa expresión tan espantosa?"

Yo mismo contesté la pregunta: Mark, tú tampoco sonreirías ¡si alguien encogiera tu cabeza!

Me quedé dormido mirando la horrenda cabecita.

Dormí profundamente, sin soñar.

No sé cuánto tiempo dormí. Pero en algún momento de la noche, un aterrador susurro me despertó.

—*Mark… Mark…*

4

—*Mark... Mark...*

El espeluznante susurro se hizo más fuerte.

Me senté derecho, con los ojos abiertos y en la oscuridad densa, vi a Jessica, de pie al lado de la cama.

—*Mark... Mark...* —susurró, jalándome la manga de mi pijama.

Tragué saliva. El corazón me latía violentamente.

—¿Eh? ¿Tú? ¿Qué te pasa?

—Tu... tuve una pesadilla —tartamudeó—. Y me caí de la cama.

Jessica se cae de la cama al menos una vez a la semana. Mamá dice que va a construir una reja alta alrededor de la cama de Jessica para evitar que se caiga, o por lo menos va a comprarle una cama tamaño *king size*.

Sin embargo, yo creo que Jessica se va a mover todavía más en una cama más grande y se va a seguir cayendo. ¡Mi hermana es una plaga aun cuando está dormida!

—Necesito un vaso de agua —susurró, jalándome todavía la manga.

14

Gruñí y retiré mi brazo.

—Bueno, ve abajo y sírvetelo, ya no eres una bebé —me quejé.

—Estoy asustada —dijo sujetando mi mano y me jaló—. Tienes que venir conmigo.

—¡Jessica…! —empecé a protestar. ¿Pero, para qué molestarme? Todas las veces que Jessica tiene una pesadilla, termino acompañándola abajo por un vaso de agua.

Bajé de la cama y la conduje a la puerta. Ambos nos detuvimos frente a la cajonera. La cabeza reducida nos miraba fijamente en la oscuridad.

—Creo que esa cabeza hizo que soñara pesadillas —susurró suavemente Jessica.

—No le eches la culpa a la cabeza —contesté, bostezando—. Tienes pesadillas casi cada noche… ¿lo recuerdas? Es porque tienes una mente enferma.

—¡No es cierto! —gritó enojada. Me golpeó el hombro. Fuerte.

—Si me golpeas, no te serviré agua —le dije.

Levantó un dedo y lo acercó a una de las mejillas arrugadas de la cabeza reducida.

—¡Guac! Se siente como cuero, no parece piel.

—Supongo que las cabezas se vuelven más duras cuando las reduces —dije, alisando el espeso mechón de cabello negro.

—¿Por qué tía Benna te envió una cabeza reducida y a mí no? —preguntó Jessica.

Me alcé de hombros.

—Me da lo mismo.

Caminamos de puntas por el pasillo y dimos la vuelta hacia las escaleras.

—Tal vez porque tía Benna no se acuerda de ti. La última vez que nos visitó, eras sólo una bebé. Yo sólo tenía cuatro.

—Tía Benna sí me recuerda —contestó Jessica. Le encanta discutir.

—Bueno, tal vez piensa que a las niñas no les gustan las cabezas reducidas —dije. Nos dirigimos hacia la cocina. La escalera crujía bajo nuestros pies descalzos.

—A las niñas sí nos gustan las cabezas reducidas —argumentó Jessica—. Sé que es así, son fabulosas.

Llené un vaso con agua y se lo di. Hizo sonidos al tragar el agua.

—Me prestarás la cabeza… ¿verdad? —preguntó.

—De ningún modo —le dije.

¿Cómo compartes una cabeza?

Nos dirigimos arriba, en la oscuridad. La llevé a su cuarto y la metí en su cama. Después me deslicé hacia mi cuarto y me metí en la mía.

Bostecé y jalé las cobijas hasta mi mentón.

Cerré los ojos, pero volví a abrirlos rápidamente. ¿Qué era esa luz amarilla que se veía a través del cuarto?

Primero pensé que alguien había encendido la luz del pasillo.

Sin embargo, al entornar los ojos, vi que no era luz. La cabeza reducida… ¡estaba brillando!

Como si la rodearan llamas. Con un resplandor

amarillo brillante. Y en el resplandor, vi que los ojos destellaban.

Entonces, los labios, esos labios secos y enjutos que habían estado cerrados en una mueca dura, empezaron a moverse. Y la boca se alzó en una aterradora sonrisa.

5

—¡Noooo!

Lancé un bramido aterrorizado.

La cabeza me sonreía con los ojos brillantes, resplandeciendo intensamente y rodeada por una luz amarilla fantasmal.

Mis manos se aferraron a las cobijas, me forcé para salir de la cama. Sin embargo, mis piernas se enredaron en la cobija y caí con un ruido sordo en el piso.

—¡Noooo! —grité. Mi cuerpo temblaba tanto que me costó trabajo ponerme de pie.

Mirando hacia arriba, vi la cabeza sonriente que flotaba sobre la cajonera. Flotaba hacia mí como un cometa brillante.

—¡No!

Me cubrí la cara para protegerme.

Cuando miré nuevamente, la cabeza reducida brillaba sobre la cajonera.

¿Habría imaginado que estaba flotando?

No me importaba, salí corriendo del cuarto.

—¡La cabeza! ¡La cabeza! —chillé—. Está brillando. ¡La cabeza está brillando!

Jessica salió de golpe cuando pasé por su cuarto.

—Mark… ¿qué pasa? —me preguntó.

No me detuve para contestarle. Seguí corriendo por el pasillo hacia el cuarto de mamá y papá.

—¡La cabeza! —bramé—. ¡La cabeza! —¡Estaba tan aterrorizado que no me daba cuenta *de lo que estaba haciendo!*

La puerta estaba cerrada, pero yo la empujé y la abrí sin tocar antes. Mamá estaba acostada de espaldas, en el lado de la cama donde duerme. Mi papá había salido de viaje de negocios durante esta semana. Pero aun así mamá dormía en su lado.

Cuando entré violentamente, ella se sentó y lanzó un grito de sorpresa.

—¿Mark?

Corrí a su lado.

—Mamá, la cabeza reducida… ¡empezó a brillar! —grité con voz aguda y penetrante—. Estaba brillando y… *¡me sonrió!*

Mamá se puso de pie y me abrazó. Se sentía tan cálida y agradable. Yo temblaba de pies a cabeza. De repente me sentí de nuevo como un niño pequeño.

—Mark, tuviste una pesadilla —dijo suavemente mamá. Pasó la mano sobre mi cabello, de la misma forma como solía hacerlo cuando era pequeño.

—Pero, mamá…

—Eso fue todo, una pesadilla, respira hondo. Mira cómo estás temblando.

Me aparté de ella. Sabía que no había sido una pesadilla. Estaba bien despierto.

—Ven y mira —insistí—. Apúrate.

La jalé hacia el pasillo. Una luz se encendió en el cuarto de Carolyn y su puerta se abrió.

—¿Qué pasa? —preguntó soñolienta. Tenía puesto un largo camisón negro.

—Mark dice que la cabeza reducida brilló —le explicó mamá—. Creo que tuvo una pesadilla.

—¡No es cierto! —grité enojado—. Vengan. ¡Les mostraré!

Empecé a jalar a mamá por el pasillo. Pero me detuve cuando vi la expresión concentrada dibujada en el rostro de Carolyn. Un segundo antes estaba soñolienta, pero ahora, sus ojos estaban abiertos y me miraba fijamente con intensidad. Estudiándome.

Me di la vuelta y casi me tropiezo con Jessica.

—¿Por qué me despertaste? —preguntó Jessica.

Pasé frente a ella empujándola y conduje a todos por el pasillo hacia mi cuarto.

—¡La cabeza brilló! —grité—. Y me sonrió. Miren. ¡La verán por ustedes mismos!

Entré de golpe a mi cuarto y me dirigí a la cajonera.

La cabeza había desaparecido.

6

Me quedé viendo conmocionado la superficie vacía de la cajonera.

Detrás de mí, alguien encendió la luz del cuarto. Parpadeé ante la luz brillante, esperando que la cabeza reducida apareciera.

¿Dónde estaba?

Mis ojos buscaron por el piso. ¿Se habría caído y rodado? ¿Habría flotado fuera del cuarto?

—Mark… ¿esto es algún tipo de broma? —preguntó mamá. De repente se escuchaba muy cansada.

—No… —empecé—. De verdad, mamá. La cabeza…

Y entonces vi una sonrisa taimada en el rostro de Jessica. Y vi que mi hermana tenía ambas manos detrás de su espalda.

—Jessica… ¿qué escondes? —pregunté.

Su sonrisa se hizo más amplia. Nunca puede mantener una expresión seria.

—Nada —mintió.

—Déjame ver tus manos —le dije cortantemente.

—¡De ningún modo! —contestó. Pero estalló en carcajadas y llevó las manos al frente. Y por supuesto, en la mano derecha sujetaba con firmeza la cabeza reducida.

—¡Jessica...! —lancé un grito enojado y se la arrebaté—. No es un juguete —la regañé furioso—. Tienes que mantener tus garras lejos de ella. ¿Escuchaste?

—Bueno, no estaba brillando —dijo burlándose—. Y tampoco estaba sonriendo. Todo lo inventaste, Mark.

—¡No es cierto! —grité.

Inspeccioné la cabeza. Sus labios secos estaban estirados hacia atrás con la misma mueca burlona de siempre. La piel era verde y de cuero, no estaba brillando.

—Mark, tuviste una pesadilla —insistió mamá, tapándose la boca al bostezar—. Deja la cabeza y vamos todos a dormir.

—Está bien, está bien —murmuré. Le lancé otra mirada furiosa a Jessica y coloqué la cabeza reducida en la cajonera.

Mamá y Jessica salieron del cuarto.

—Mark es un tonto —escuché que Jessica decía, lo suficientemente alto como para que yo pudiera escucharla—. Le dije que me prestara la cabeza reducida y dijo que no lo haría.

—Hablaremos de eso en la mañana —contestó mamá, bostezando otra vez.

Iba a apagar la luz. Pero me detuve cuando vi a Carolyn quien todavía estaba de pie en el pasillo. Seguía mirándome fijamente, con una expresión realmente intensa en la cara.

Entornó sus ojos plateados, mirándome.

—¿Realmente la viste brillar, Mark? —preguntó con suavidad.

Miré la cabeza oscura y quieta.

—Sí, así es —contesté.

Carolyn asintió. Parecía estar concentrada en algo.

—Buenas noches —murmuró. Luego se volteó y caminó en silencio hacia el cuarto de huéspedes.

A la mañana siguiente, mamá y Carolyn me saludaron dándome la sorpresa más grande de mi vida.

7

—Tu tía Benna quiere que vayas a visitarla a la selva —anunció mamá en el desayuno.

Solté la cuchara sobre mis *Fruti Lupis*. Me quedé boquiabierto.

—¿Disculpa?

Mamá y Carolyn me sonrieron. Supongo que estaban disfrutando verme tan sorprendido.

—Por eso vino Carolyn —explicó mamá—. Para llevarte a Baladora.

—¿Por... por qué no me *dijiste?* —chillé.

—No queríamos decirte hasta ultimar detalles —contestó mamá—. ¿Estás emocionado? ¡Vas a visitar una selva real!

—¡Emocionado no es la palabra apropiada! —exclamé—. ¡Estoy… estoy… estoy… *Ni siquiera sé cómo sentirme!*

Ambas se echaron a reír.

—¡Yo también tengo que ir! —declaró Jessica, entrando a la cocina.

Gruñí.

—No, Jessica. Esta vez no puedes ir —dijo mamá, colocando una mano sobre el hombro de mi hermana—. Es el turno de Mark.

—¡Eso no es justo! —bramó Jessica, apartando la mano de mamá.

—Sí, lo es —contesté contento—. ¡Kah-li-ah! —vitoreé. Me puse de pie de un salto y bailé celebrando alrededor de la mesa de la cocina.

—¡No es justo! ¡No es justo! —coreó Jessica.

—Jessica, a ti no te *gusta* la selva —le recordé.

—¡Claro que sí! —insistió.

—La próxima vez te toca a ti —dijo Carolyn dando un trago largo a su café—. Estoy segura que a tu tía le encantará enseñarte la selva, Jessica.

—Sí. Cuando seas mayor —me burlé—. Ya sabes, la selva es demasiado peligrosa para un niño.

Por supuesto, cuándo le dije eso a mi hermana, no tenía ni idea de lo peligrosa que una selva podía ser. No tenía ni idea de que me dirigía hacia peligros que nunca antes me había imaginado.

Después del desayuno, mamá me ayudó a hacer la maleta. Quería llevar pantalones cortos y playeras. Porque sé que la selva es calurosa.

Sin embargo, Carolyn insistió en que empacara camisas de manga larga y pantalones de mezclilla para que los matorrales y las parras a través de los cuales pasaríamos no me lastimaran. Y para protegerme de los insectos de la selva.

—Tienes que protegerte del sol —me instruyó Carolyn—. Baladora está demasiado cerca del

25

Ecuador. El Sol es muy fuerte y la temperatura oscila entre los 40° C todo el día.

Por supuesto, empaqué cuidadosamente la cabeza reducida. No quería que Jessica le pusiera las garras encima mientras yo estaba afuera.

Ya sé, ya sé. Algunas veces soy un poco malo con mi hermana.

Mientras nos dirigíamos al aeropuerto, pensé en la pobre Jessica, quien se quedaría en casa en tanto yo correría aventuras emocionantes con tía Benna.

Decidí llevarle un recuerdo realmente atractivo de la selva. Tal vez hiedras o serpientes venenosas. ¡Ja!

En el aeropuerto, mamá se la pasó abrazándome y diciéndome que fuera cuidadoso. Después me abrazó todavía más, fue bastante vergonzoso.

Finalmente, llegó la hora en que Carolyn y yo teníamos que subir al avión. Me sentía asustado y emocionado y contento y preocupado... ¡todo al mismo tiempo!

—¡No te olvides de enviar postales! —mamá me dijo cuando seguí a Carolyn a la reja.

—¡Si encuentro un buzón! —le contesté.

No creía que en la selva *tuvieran* buzón.

El vuelo fue muy largo. ¡Tan largo que pasaron tres películas a bordo!

Carolyn se la pasó una buena parte del tiempo leyendo sus cuadernos y papeles, pero se tomó un respiro cuando la sobrecargo sirvió la cena y me contó sobre el trabajo que tía Benna había estado haciendo en la selva.

Carolyn dijo que tía Benna había hecho muchos descubrimientos emocionantes. Había descubierto dos clases de plantas que nadie había visto antes, una era una parra trepadora a la cual le puso su nombre. *Benna-lepticus* o algo así.

Carolyn dijo que tía Benna estaba explorando partes de la selva a las cuales nadie había ido nunca antes, y que estaba descubriendo todo tipo de secretos que contenía. Secretos que la harían famosa cuando se decidiera a revelarlos.

—¿Cuándo fue la última vez que tu tía los visitó? —preguntó Carolyn. Estaba luchando por abrir la envoltura de plástico alrededor de sus cubiertos.

—Hace mucho tiempo —le dije—. Casi no puedo recordar cómo era, yo tan sólo tenía cuatro o cinco años.

Carolyn asintió.

—¿Te dio algún regalo especial? —preguntó. Sacó el cuchillo de plástico y empezó a untar mantequilla en su bollo.

Arrugué la cara, concentrándome.

—¿Regalo especial?

—¿Te dio algo de la selva cuando te visitó? —preguntó Carolyn. Colocó el bollo en la charola y se volteó hacia mí.

Se había puesto nuevamente sus gafas negras, por lo tanto no pude ver sus ojos. Pero tuve la sensación de que me miraba fijamente, inspeccionándome.

—No recuerdo —contesté—. Sé que no me trajo nada tan fabuloso como la cabeza reducida. ¡Esa cabeza es realmente sorprendente!

Carolyn no sonrió, se volteó hacia su charola de comida. Me di cuenta que estaba muy concentrada.

Me quedé dormido después de la cena. Volamos toda la noche y aterrizamos en el sudeste de Asia.

Llegamos justo después del amanecer. El cielo fuera de la ventana del avión se veía morado oscuro, tenía un color hermoso que nunca antes había visto. Un gran sol rojo se elevaba lentamente a través del morado.

—Cambiaremos de avión aquí —dijo Carolyn—. Un avión enorme como éste no puede aterrizar en Baladora. Desde aquí tenemos que tomar un avión pequeño.

El avión que tomamos era realmente diminuto. Parecía de juguete, estaba pintado de rojo mate, tenía dos propulsores rojos sobre las alas. ¡Hasta busqué las cintas elásticas que hacen girar los propulsores!

Carolyn me presentó al piloto, era un hombre joven que vestía una camisa hawaiana color rojo y amarillo y unos pantalones cortos color caqui. Tenía cabello negro y relamido y un bigote negro. Se llamaba Ernesto.

—¿Esta cosa puede volar? —le pregunté.

Él me sonrió bajo su bigote.

—Eso espero —contestó riéndose.

Nos ayudó a subir a la cabina por unos escalones metálicos, luego se acomodó dentro de la cabina del piloto. Carolyn y yo ocupábamos toda la cabina. ¡Sólo había espacio para nosotros dos ahí atrás!

Cuando Ernesto encendió la máquina, ésta traqueteó y sonó como si fuera un cortacésped.

Los propulsores empezaron a girar, la máquina rugió tan fuerte que no pude oír lo que Ernesto nos estaba gritando.

Finalmente me imaginé que nos estaba diciendo que nos abrocháramos el cinturón de seguridad.

Tragué saliva y miré fijamente por la ventanita. Ernesto hizo retroceder el avión del hangar. El rugido era tan alto que quería taparme los oídos.

"Esto va a ser emocionante", pensé. ¡Es como si estuviera volando dentro de un papalote!

Unos minutos después, estábamos en el aire, volando a poca altura sobre el océano azul verdoso. La brillante luz de la mañana hacía que el agua destellara.

El avión traqueteaba y se sacudía violentamente. Podía sentir el aire que soplaba contra él y lo hacía dar tumbos.

Después de un rato, Carolyn señaló un grupo de islas que se veían abajo, eran casi completamente verdes, con franjas de arena amarilla alrededor.

—Todas esas islas son selváticas —Carolyn me dijo—. ¡Mira ésa! —Señaló una isla alargada con forma de huevo. —Algunas personas encontraron tesoros enterrados en aquella isla. Oro y joyas que valían millones de dólares.

—¡Genial! —exclamé.

Ernesto se recargó sobre el acelerador y condujo el avión a menor altura, tan bajo que pude ver claramente los árboles y arbustos. Parecía que los árboles estaban enredados por lo frondosos que eran. No pude ver ningún camino o sendero.

El agua del océano se había vuelto verde oscuro. La máquina rugía mientras el avión avanzaba a tumbos contra el viento que soplaba fuerte.

—¡Allá adelante está Baladora! —anunció Carolyn. Señaló fuera de la ventana cuando ante nuestros ojos apareció otra isla. Baladora era más grande que las otras islas y muy escabrosa, se curvaba como una luna creciente.

—¡No puedo creer que tía Benna esté allá abajo en alguna parte! —exclamé.

Carolyn sonrió por debajo de sus gafas oscuras.

Miré al frente cuando Ernesto se volteó en su asiento para mirarnos de frente. Vi de inmediato que tenía una expresión preocupada en el rostro.

—Tenemos un problemita —dijo, gritando por encima del rugido de la máquina.

—¿Problema? —preguntó Carolyn.

Ernesto asintió amargamente.

—Sí. Un problema. Verán… no sé cómo aterrizar esta cosa. Ambos tendrán que saltar.

El pánico me hizo jadear.

—Pero… pero… —balbuceé—. ¡No tenemos paracaídas!

Ernesto se alzó de hombros.

—Intentetaré aterrizar sobre algo suave —dijo.

Abrí la boca, me quedé sin aliento. Me aferré con ambas manos a los brazos de mi asiento.

Entonces vi la sonrisa en la cara de Carolyn. Sacudió la cabeza, con los ojos puestos en Ernesto.

—Mark es demasiado listo para ti —le dijo—. No va a caer en esa tonta broma.

Ernesto se echó a reír, luego entornó sus ojos oscuros y me miró.

—Me creíste… ¿cierto?

—¡Ja! ¡De ninguna manera! —balbuceé. Todavía me temblaban las rodillas—. Sabía que estabas bromeando —mentí—. O algo así.

Tanto Carolyn como Ernesto se echaron a reír.

—Eres malvado —le dijo ella a Ernesto.

Los ojos de Ernesto se apagaron. Su sonrisa desapareció.

—Tienes que acostumbrarte a pensar rápido en la selva —me advirtió.

Se dio la vuelta hacia los controles. Mantuve la vista clavada hacia el exterior, mirando cómo la isla de

Baladora aparecía bajo nosotros. Aves blancas de anchas alas revoloteaban sobre los frondosos árboles verdes.

Se apreciaba una delgada franja de tierra cerca de la costa del sur. Más allá de ella, pude ver las olas del océano que se estrellaban contra oscuras rocas.

El avioncito aterrizó con fuerza... lo suficientemente fuerte como para hacer que mis rodillas rebotaran. Rebotamos nuevamente sobre la franja de tierra llena de baches y nos detuvimos.

Ernesto detuvo la máquina, abrió la puerta de la cabina y nos ayudó a bajar del avión. Tuvimos que agacharnos.

Ernesto sacó nuestras maletas del avión. Carolyn llevaba su bolsita de lona. Mi maleta era un poco más grande. Las colocó sobre la franja de aterrizaje y se despidió de nosotros haciéndonos una seña con dos dedos formando una "V", después volvió a subir al avioncito rojo y cerró la puerta detrás de él.

Cerré los ojos cuando los propulsores zumbaron y lanzaron arena sobre mí. Unos cuantos segundos después, Ernesto despegó, el avión se elevó poco, volando apenas sobre los árboles al final de la pista de aterrizaje.

El avión giró bruscamente y voló sobre el agua. Carolyn y yo levantamos nuestras bolsas.

—¿Adónde vamos ahora? —pregunté, entornando los ojos ante la brillante luz del sol.

Carolyn señaló un claro de pasto muy crecido que se extendía más allá de la estrecha franja de tierra.

Pude ver una hilera de construcciones grises y bajas que se erguían al final del claro donde los árboles empezaban.

—Ése es nuestro cuartel —me dijo Carolyn—. Construimos la pista de aterrizaje justo al lado de él. El resto de la isla es selva, no hay caminos. No hay más casas. Tan sólo vegetación.

—¿Tienen cable? —pregunté.

Ella se detuvo en seco, después se echó a reír. No creo que esperara que hiciera una broma.

Cargamos nuestras maletas hacia las construcciones grises y bajas. El sol de la mañana todavía estaba bajo en el cielo, pero el aire ya estaba caliente y húmedo. Cientos de diminutos insectos blancos, algún tipo de mosquito, pululaban sobre el pasto crecido, dirigiéndose como flecha de un lado a otro.

Escuché un zumbido. Y en algún lugar a lo lejos, el grito agudo de un pájaro, seguido por una respuesta larga y triste.

Carolyn caminaba rápidamente, a grandes zancadas sobre el crecido pasto, ignoraba el movimiento de los insectos blancos. Troté para mantener su paso.

Me corría el sudor por la frente. Me empezó a dar comezón en la nuca.

¿Por qué Carolyn tenía tanta prisa?

—Estamos atrapados de alguna forma aquí, ¿cierto? —dije, examinando los árboles torcidos y bajos que se alzaban más allá de las pequeñas construcciones del cuartel—. Quiero decir, ¿cómo se puede salir de la isla?

—Llamando a Ernesto por radio —contestó Carolyn, sin aminorar el paso—. El camino desde el continente es de una hora.

Eso me hizo sentir un poco mejor. Avancé sobre el crecido pasto, intentando mantener el paso de Carolyn.

La maleta me empezaba a pesar. Me sequé el sudor de los ojos con la mano libre.

Nos estábamos acercando al cuartel. Esperaba que tía Benna llegara corriendo para recibirme, pero no pude ver señal de nadie.

Una antena de radio se alzaba en uno de los extremos. Las construcciones bajas eran cuadradas, con el techo plano, parecían cajas al revés. Había ventanas cuadradas en cada muro.

—¿Qué es eso que está sobre todas las ventanas? —le pregunté a Carolyn.

—Mosquiteros —contestó. Se dio la vuelta hacia mí—. ¿Alguna vez has visto un mosquito tan grande como tu cabeza?

Me eché a reír.

—No.

—Bueno, ahora lo verás.

Me reí nuevamente. Estaba bromeando, ¿o no?

Nos dirigimos a la primera construcción, la más grande de la hilera. Bajé mi maleta, saqué mi gorra de béisbol y me sequé la frente con la manga de mi camisa. ¡Hacía calor!

Una puerta enrejada daba acceso a la construcción. Carolyn la mantuvo abierta para que yo entrara.

—¡Tía Benna…! —grité ansiosamente. Coloqué la

maleta en la tierra y corrí adentro—. ¿Tía Benna?

La luz del sol se filtraba a través del mosquitero. Me tomó unos cuantos segundos acostumbrarme a la tenue luz del interior.

Vi una mesa llena de tubos de ensayo y otros utensilios. Había una repisa con cuadernos y libros.

—¿Tía Benna?

Entonces la vi, llevaba una bata blanca. Estaba parada dándome la espalda, frente a un fregadero contra la pared.

Se dio la vuelta y se secó las manos con una toalla.

No era tía Benna. Era un hombre. Un hombre canoso con una bata blanca.

Su cabello era grueso y lo llevaba peinado relamido hacia atrás. A pesar de la tenue luz, pude ver sus ojos azul pálido, azules como el cielo, eran extraños. Parecían de vidrio azul. Como canicas.

Sonrió. Pero no a mí.

Le sonrió a Carolyn. Se dirigió a mí moviendo la cabeza.

—¿Lo tiene? —le preguntó a Carolyn. Tenía una voz rasposa y ronca.

Carolyn asintió.

—Sí. Lo tiene. —Pude ver que respiraba con dificultad, con inhalaciones cortas y superficiales.

¿Estaba emocionada? ¿Nerviosa?

Una sonrisa se dibujó en el rostro del hombre. Pareció que sus ojos azules brillaron.

—Hola —dije con extrañeza. Estaba confundido.

¿Qué significaba esa pregunta? ¿Qué es lo que yo tenía?

—¿Dónde está mi tía Benna? —pregunté.

Antes de que pudiera contestar, una chica salió del cuarto de atrás. Tenía cabello rubio y lacio y los mismos ojos azul pálido, llevaba una playera blanca y un pantalón corto de tenis. Parecía tener más o menos mi edad.

—Ella es mi hija Kareen —dijo el hombre con su voz ronca que parecía más un susurro—. Yo soy el doctor Hawlings. —Se volvió hacia Kareen. —Él es el sobrino de Benna, Mark.

—Dime algo que no sepa —contestó cortantemente Kareen, levantando los ojos. Se volvió hacia mí—. ¿Qué tal, Mark?

—Hola —contesté. Seguía confundido.

Kareen se hizo para atrás el cabello rubio.

—¿En qué año estás?

—En sexto —le dije.

—Yo también. Pero este año no estoy en la escuela, estoy en *este* hoyo. —Frunció el ceño y miró a su padre.

—¿Dónde está mi tía? —le pregunté al doctor Hawlings—. ¿Está trabajando o algo así? Creí que estaría aquí, ya saben, para recibirme.

El doctor Hawlings me miró fijamente con aquellos extraños ojos azules. Le tomó un largo rato contestar pero finalmente, dijo: —Benna no está aquí.

—¿Disculpa? —No estaba seguro de haber

escuchado bien, era difícil entender su voz rasposa.

—¿Está... eh... trabajando?

—No lo sabemos —contestó.

Kareen jugaba con un rizo de su cabello, lo torcía con el dedo y me miraba fijamente.

Carolyn se había puesto detrás de la mesa del laboratorio y había recargado los codos en ella, tenía la cabeza entre las manos.

—Tu tía Benna está perdida —dijo.

Sus palabras hicieron que la cabeza me diera vueltas. Eran tan inesperadas y las había dicho tan llanamente, sin ningún sentimiento.

—¿Está... *perdida*?

—Ha estado perdida durante unas cuantas semanas —dijo Kareen, mirando a su padre—. Nosotros tres... hemos estado intentando encontrarla.

—No... no entiendo —tartamudeé. Metí las manos en los bolsillos de mi pantalón de mezclilla.

—Tu tía está perdida en la selva —explicó el doctor Hawlings.

—Pero... Carolyn dijo... —empecé a decir.

El doctor Hawlings levantó una mano para que guardara silencio.

—Tu tía está perdida en la selva, Mark.

—Pero... pero ¿por qué no le dijiste a mamá? —pregunté confundido.

—No queríamos preocuparla —contestó el doctor Hawlings—. Benna es la hermana de tu mamá, después de todo. Por lo tanto, Carolyn te trajo aquí porque *tú* puedes ayudarnos a encontrarla.

—¿Eh? —Abrí la boca, asombrado—. ¿Yo? ¿Cómo puedo ayudar?

El doctor Hawlings se dirigió hacia mí cruzando el cuartito, con la vista clavada en mis ojos.

—Tú puedes ayudarnos, Mark —dijo con su susurro ronco—. Puedes ayudarnos a encontrar a Benna… porque tú tienes la Magia de la selva.

9

—¿Yo tengo *qué?*

Miré fijamente al doctor Hawlings. No tenía ni idea sobre qué estaba hablando.

¿Acaso la *Magia de la selva* era algún tipo de juego de computadora? ¿Era como *Rey de la selva?*

¿Por qué creía que yo la tenía?

—Tú tienes la Magia de la selva —repitió, mirándome fijamente con aquellos sorprendentes ojos azules—. Déjame explicarte.

—Papi, deja que Mark descanse un poco —interrumpió Kareen—. Estuvo volando durante cien horas. ¡Debe estar molido!

Me alcé de hombros.

—Sí, estoy un poco cansado.

—Ven y siéntate —dijo Carolyn. Me condujo a un taburete alto que estaba al lado de la mesa del laboratorio, después se volvió hacia Kareen—. ¿Todavía nos quedan refrescos de cola?

Kareen abrió un pequeño refrigerador que estaba recargado contra la pared trasera.

—Unas cuantas —contestó, inclinándose para alcanzar la repisa inferior—. Ernesto tiene que traer otra caja en su próximo vuelo.

Kareen me trajo una lata de *Coca Cola*. La abrí y me llevé la lata a la boca. El líquido frío fue una delicia para mi garganta seca y caliente.

Kareen se recargó contra la mesa, cerca de mí.

—¿Alguna vez habías estado en la selva?

Tragué más Coca Cola.

—No, en realidad no. Pero he visto un montón de películas sobre la selva.

Kareen se echó a reír.

—No es como en las películas. Quiero decir, no hay rebaños de gacelas y elefantes que se juntan en una fosa de agua. Al menos, no en Baladora.

—¿Qué animales viven en la isla? —pregunté.

—La mayor parte son mosquitos —contestó Kareen.

—Hay algunos pájaros rojos que son hermosos —dijo Carolyn—. Se llaman íbises escarlata. No vas a dar crédito al color que tienen, son como flamencos, sólo que mucho más brillantes.

El doctor Hawlings había estado estudiándome todo el tiempo. Caminó hacia la mesa y se sentó en un taburete frente a mí.

Mantuve el refresco frío contra mi frente caliente. Después lo coloqué sobre la mesa.

—Díganme sobre mi tía Benna —les dije.

—No hay mucho que decir —contestó el doctor Hawlings frunciendo el ceño—. Estaba estudiando una nueva clase de caracol de árbol en algún lugar al final de esta selva y una noche no regresó.

—Estuvimos muy preocupados por ella —dijo Carolyn, torciendo un cabello. Se mordió el labio inferior—. Muy preocupados. Buscamos y buscamos, después decidimos que tú podías ayudarnos.

—Pero, ¿cómo puedo ayudar? —pregunté—. Ya les dije… nunca he estado antes en una selva.

—Pero tienes la Magia de la selva —contestó Carolyn—. Benna te la dio, la última vez que los visitó. Leímos eso, está en los cuadernos de Benna que están por allá.

Carolyn señaló un montón de cuadernos negros que estaban sobre la repisa pegada a la pared. Los miré, pero seguía sin entender.

—¿Tía Benna me dio algún tipo de magia? —pregunté.

El doctor Hawlings asintió.

—Sí. Tenía miedo de que el secreto cayera en manos equivocadas, por eso te lo dio.

—¿No lo recuerdas? —preguntó Carolyn.

—Era demasiado pequeño —les dije—. Sólo tenía cuatro años, no lo recuerdo. No creo que me haya dado nada.

—Sin embargo, sí lo hizo —insistió Carolyn—. Sabemos que tú tienes la Magia de la selva. Sabemos que tú…

—¿Cómo…? —interrumpí—. ¿Cómo saben que la tengo?

—Porque viste brillar la cabeza humana reducida

41

—contestó Carolyn—. La cabeza sólo brilla para las personas que tienen la magia, leímos eso en los cuadernos de Benna.

Tragué saliva. De repente sentí la garganta seca, el corazón me empezó a latir a mil por hora.

—¿Me está diciendo que tengo algún tipo especial de poderes mágicos? —pregunté con un hilo de voz—. Pero no me siento extraño o algo por el estilo. ¡Ni siquiera he realizado algún truco de magia en mi vida!

—Tienes la magia —dijo suavemente el doctor Hawlings—. La magia tiene cientos de años, perteneció a la gente oloyana. Vivían en esta isla.

—Eran reductores de cabezas —agregó Carolyn—. Hace cientos de años. Esa cabeza que te llevé era oloyana, hemos desenterrado muchas más.

—Pero tu tía también desenterró el secreto de su magia antigua —dijo el doctor Hawlings—. Y te lo dio a ti.

—¡Tienes que ayudarnos a encontrarla! —exclamó Kareen—. Tienes que usar la magia, tenemos que encontrar a la pobre Benna… antes de que sea demasiado tarde.

—Lo... lo intentaré —les dije.

Sin embargo, en secreto pensaba: "Han cometido un gran error".

Tal vez me confundieron con alguien más.

Yo no tengo la Magia de la selva. Para nada.

¿Qué voy a hacer?

10

Me la pasé todo el día explorando la orilla de la selva con Kareen. Descubrimos algunas sorprendentes arañas amarillas que eran casi del tamaño de mi puño. Y Kareen me mostró una planta que podía cerrar las hojas alrededor de un insecto y mantenerlo atrapado durante días hasta haberlo digerido.

¡Genial!

Trepamos por árboles bajos y de hojas lisas, nos sentamos en sus ramas y platicamos.

"Kareen es simpática —pensé—. Es muy seria, no se ríe mucho. Y en realidad no le gusta la selva".

La mamá de Kareen murió cuando ella era muy pequeña. Quería regresar a Nueva Jersey y vivir con su abuela, pero su padre no se lo permitió.

Mientras hablaba con ella, no dejaba de pensar en la Magia de la selva. Pensaba en que sin importar lo que fuera, en realidad no la poseía.

Claro, siempre me habían gustado las películas de la selva, y los libros y juegos de la selva. Siempre había pensado que las selvas son realmente sorprendentes, pero eso no significaba que tuviera poderes especiales o algo así.

Y ahora tía Benna estaba perdida. Y sus amigos de Baladora estaban tan desesperados por encontrarla que me habían traído aquí. ¿Qué podía hacer yo?

Al estar acostado en la cama esa noche, esas preguntas no hacían más que cruzar por mi mente.

Miré el techo bajo de la pequeña choza de madera, completamente despierto. Había seis o siete chozas de techo aplanado en una hilera, detrás de la construcción principal. Cada uno tenía su propia choza para dormir.

Mi cabañita tenía una cama angosta con un colchón lleno de bultos. Un buró bajo el cual coloqué mi cabeza reducida, una cajonerita con todos los cajones atorados excepto el de abajo, un armario estrecho donde tan sólo cabía la ropa que había traído y un bañito en la parte trasera.

A través del mosquitero que estaba sobre la ventana abierta, pude escuchar el canto de los insectos. Y a lo lejos, escuché un *cau, cau, cau.* Algún tipo de grito de animal.

"¿Cómo podré ayudar a encontrar a tía Benna?", me pregunté mirando fijamente el techo oscuro y escuchando aquellos sonidos extraños. "¿Qué puedo hacer yo?".

Intenté recordarla, cómo fue su visita a mi casa cuando yo tenía cuatro años. Visualicé a una mujer bajita de cabello oscuro, regordeta como yo, con la cara redonda y sonrosada y ojos oscuros e intensos.

Recordé que hablaba muy rápido, tenía una voz

cantarina y siempre parecía emocionada, muy entusiasta. Y seguí recordando…

Nada más. Eso es todo lo que podía recordar sobre mi tía.

¿Me había dado la Magia de la selva? No recordaba nada sobre eso.

Quiero decir, ¿cómo le das a alguien *magia?*

Seguí pensando en eso. Intenté recordar más sobre su visita. Sin embargo, no pude.

Sabía que Carolyn y el doctor Hawlings habían cometido un terrible error. Les diría en la mañana, les diría que tenían al chico equivocado.

Un terrible error… un terrible error. Las palabras me daban vueltas en la cabeza.

Me senté. No había forma de dormir. Mi mente no me dejaría. Estaba completamente despierto.

Decidí caminar alrededor del cuartel. Tal vez explorar atrás donde los árboles se hacían más frondosos y la selva empezaba.

Me dirigí hacia la puerta y escruté el exterior. Mi cabañita estaba al final de una hilera, podía ver las otras cabañas desde mi puerta, todas oscuras. Kareen, Carolyn y el doctor Hawlings se habían ido a dormir.

¡Cauuuu! ¡Auuuuuu! El extraño grito volvió a escucharse a lo lejos. Un viento suave hizo que el crecido pasto se doblara y balanceara. Las hojas de los árboles susurraban.

Llevaba una playera de manga larga con bolsas sin fajar sobre un pantalón corto. No había necesidad de vestirme, nadie más estaba despierto. Además, tan sólo daré un paseo corto.

Me puse las sandalias. Abrí la puerta. Y salí.

¡Cauuuu! ¡Auuuuuu! El sonido se escuchaba un poco más cerca.

El aire de la noche se sentía caliente y húmedo, casi tan caliente como el del día. Un pesado rocío había mojado el pasto. Mis sandalias se deslizaron sobre el crecido pasto mojado. Me hacía cosquillas en los pies.

Pasé frente a las oscuras y silenciosas chozas. A mi derecha, los árboles se inclinaban y balanceaban. Como sombras oscuras contra el cielo morado. No había luna ni estrellas.

"Tal vez caminar sea una mala idea —me dije—. Tal vez esté demasiado oscuro".

"Necesito una linterna", pensé. Recordé la advertencia que Carolyn me había hecho antes, cuando me mostró dónde dormiría.

—Nunca salgas de noche sin una linterna. Cuando oscurece —me advirtió—, nadie hace guardia. De noche, éste es el mundo de las criaturas.

La parte trasera del cuartel estaba a mis espaldas. Decidí dar la vuelta, pero antes de que pudiera voltear, me percaté que no estaba solo.

En la oscuridad, vi un par de ojos, mirándome fijamente.

Jadeé. Un escalofrío recorrió mi espalda.

Mirando con atención en medio de la noche morada, vi otro par de ojos. Y luego otro y otro.

Ojos oscuros que me miraban fijamente sin moverse ni parpadear.

Ojos oscuros sobre ojos.

Me congelé, no pude moverme.

Sabía que estaba atrapado, eran demasiados. ¡Demasiados!

11

Me temblaban las piernas. Por la nuca sentía escalofrío tras escalofrío.

Y mientras miraba los ojos, oscuros ojos, apilados unos sobre otros, empezaron a brillar, más y más.

Y a la dorada luz, vi que no eran ojos de criaturas, ni eran ojos de animal. Eran ojos humanos.

¡Estaba mirando los brillantes ojos de cientos de cabezas reducidas!

Un montón de cabezas reducidas, una sobre otra, ojos sobre ojos. Eran cabezas que parecían puños, con las bocas curvadas en muecas o abiertas y desdentadas.

Cabezas sobre cabezas, oscuras y arrugadas, hechas de cuero. Aterradoras por el frío brillo dorado que emanaba de sus ojos.

Lancé un grito ahogado… y salí huyendo.

Sentía las piernas débiles, como si fuera de hule. El corazón me latía violentamente. Corrí alrededor del cuartel, el resplandor amarillo iba desapareciendo lentamente de mis ojos. Corrí lo más rápido que pude, hacia la parte delantera de la oscura construcción, hacia la puerta.

Jadeando para tomar aliento, abrí la puerta y entré.

Apoyé la espalda contra la pared y esperé. Esperé a que el espeluznante resplandor desapareciera por completo, a que mi corazón dejara de latir tan rápido, a que mi respiración se normalizara.

Después de un minuto o dos, me empecé a calmar.

"¿Por qué están apiladas de esa forma esas cabezas?", me pregunté.

Sacudí la cabeza con fuerza, intentando apartar la horrenda imagen de las cabezas. Alguna vez habían sido personas. Hace cientos de años, fueron personas.

Y ahora...

Tragué saliva. Sentía la garganta seca y tiesa.

Empecé a cruzar el cuarto hacia el refrigerador. "Necesito algo frío para tomar", me dije. Choqué contra un extremo de la mesa del laboratorio.

Estiré las manos rápidamente y alcancé algo arriba. Lo sujeté antes de que cayera de la mesa.

Una linterna.

—¡Bien! —grité contento.

"Voy a escuchar los consejos de Carolyn de ahora en adelante —me prometí a mí mismo—. Nunca voy a volver a salir sin una linterna".

Oprimí el botón y un haz de luz iluminó el piso. Al levantar la linterna, la luz alumbró la repisa de libros que estaba contra la pared.

Pude ver los cuadernos negros de tía Benna. Un montón grande llenaba casi por completo la repisa. Me moví rápidamente hacia ella. Con la mano libre, saqué el cuaderno que estaba hasta arriba. Era más pesado de lo que pensé y casi lo tiro.

Abrazándolo, lo puse sobre la mesa. Me subí al taburete alto y abrí el cuaderno.

"Tal vez pueda encontrar algunas respuestas aquí", pensé.

Tal vez pueda encontrar la parte donde tía Benna habla sobre cuando me dio la Magia de la selva. Tal vez pueda encontrar porqué el doctor Hawlings y Carolyn piensan que yo la poseo.

Me incliné sobre el cuaderno y apunté la luz hacia las páginas. Empecé a pasarlas, página tras página, entornando los ojos en la oscuridad.

Afortunadamente, mi tía tiene la letra grande y de molde. Muy bien trazada y fácil de leer.

Las páginas parecían estar ordenadas por año. Seguí pasándolas, echando un vistazo rápidamente a cada una, hasta que llegué al año en que nos visitó.

Mis ojos recorrieron una sección larga sobre lagartijas. Algún tipo de lagartijas que tía Benna estaba estudiando. Después, describía una cueva que había encontrado en la playa rocosa al otro lado de la isla. La cueva, ella decía, había sido habitada por los oloyanas, aproximadamente unos doscientos años atrás.

Seguí leyendo rápidamente la lista de cosas que tía Benna encontró en la cueva. La letra estaba muy pegada y muy enredada en esta parte. Supongo que realmente estaba emocionada con el descubrimiento.

Le di la vuelta a varias páginas más. Y empecé la sección titulada "Verano".

Conforme leía, abría la boca en un gesto de incredulidad y sorpresa. Los ojos casi se me salen de las órbitas.

Las palabras empezaron a hacerse borrosas. Bajé la linterna hacia la página para poder ver mejor. Parpadeé varias veces.

No quería creer lo que estaba leyendo, no quería creer lo que tía Benna había escrito. Sin embargo, las palabras estaban ahí y eran aterradoras.

12

La linterna me temblaba en la mano, la sostuve con ambas manos. Después me incliné más y leí las palabras de tía Benna, moviendo los labios en silencio al leer.

—El doctor Hawlings y su hermana Carolyn no se detendrán ante nada para destruir la selva y todas las criaturas que aquí viven —mi tía había escrito con letra clara de molde—. No les importa a quién lastimen o maten. Sólo les importa conseguir lo que quieren.

Tragué saliva. Mantuve fijo el círculo de luz sobre la página del cuaderno y seguí leyendo.

—Mi descubrimiento más sorprendente fue encontrar el secreto de la Magia de la Selva en aquella cueva —escribió tía Benna—. Sin embargo, sé que el secreto no está seguro mientras el doctor Hawlings y Carolyn estén por aquí. Ellos usarán la Magia de la selva para hacer el mal. Por lo tanto le he dado la Magia de la selva y su secreto a mi sobrino Mark. Él vive a miles de kilómetros de aquí, en los Estados

Unidos. Espero que así el secreto esté seguro.

—Si la Magia de la selva cae alguna vez en poder de Hawlings —seguía mi tía—, la selva será destruida. La isla de Baladora será destruida. Y yo también.

Resoplé y le di vuelta a la página. Me esforcé para mantener fija la linterna para poder leer más.

—Si Hawlings obtiene la Magia de la selva —mi tía escribió—, reducirá mi cabeza hasta que no quede señal de mí. Debo mantener a mi sobrino muy lejos de Hawlings, porque también sería capaz de reducir la cabeza de Mark, con tal de obtener la magia que escondí ahí.

—Ahh —lancé un gemido aterrado.

¿Reducir mi cabeza? ¿El doctor Hawlings reduciría mi cabeza?

Leí nuevamente las palabras: "...Debo mantener a mi sobrino muy lejos de Hawlings…"

"¡Pero *ahora* no estoy muy lejos!, —me dije—. Estoy aquí. ¡Estoy justo aquí!".

Carolyn me trajo aquí para robarme la magia, para quitármela. ¡Ella y el doctor Hawlings planeaban reducir mi cabeza!

Cerré de golpe el cuaderno. Respiré profundamente y contuve el aire. Sin embargo, eso no me ayudó a que mi corazón dejara de latir tan fuerte.

"¿Qué le habrán hecho a tía Benna?", me pregunté.

¿Habrán intentado arrancarle el secreto? ¿Le habrán hecho algo? ¿O acaso ella habrá escapado? ¿Escapó? ¿Me trajeron aquí para ayudarlos a encontrarla y así poder capturarla? Y cuando la encuentren, ¿habrán

53

planeado reducir nuestras cabezas?

—Nooooo —murmuré, intentando que mi cuerpo dejara de temblar.

Pensé que eran mis amigos. Mis amigos…

"Pero aquí no estás seguro, —me dije—. Corro mucho peligro".

Tengo que escapar. Me voy a vestir y escaparé de estas personas malvadas. Lo más rápido que pueda.

Me bajé del taburete, me di la vuelta y me dirigí a la puerta.

Tengo que salir. Escapar.

Repetía las palabras rítmicamente al compás del latido violento de mi corazón.

Llegué a la puerta. Empecé a abrirla.

Sin embargo, alguien estaba parado ahí. Parado entre las sombras, impidiéndome el paso.

—¿Adónde crees que vas? —me preguntó una voz.

13

Kareen abrió la puerta y entró al cuarto. Vestía una playera enorme que le llegaba debajo de las rodillas. Su cabello rubio le cubría la cara.

—¿Qué haces aquí? —preguntó.

—¡Déjame salir! —grité. Levanté la linterna como si fuera un arma.

Retrocedió un paso.

—¡Oye…! —lanzó un grito sorprendido.

—Tengo que irme —insistí, empujándola.

—Mark… ¿qué te pasa? —preguntó—. ¿Por qué actúas de esa forma tan rara?

Me detuve con la puerta medio abierta, recargando el hombro contra el marco.

—Vi el cuaderno de tía Benna —le dije a Kareen, alumbrándole la cara con la linterna—. Leí lo que dice tía Benna sobre tu padre y sobre Carolyn.

—Ah —Kareen lanzó un largo suspiro.

Mantuve la luz sobre su cara. Ella me miró con los ojos entornados, luego se tapó los ojos con el brazo.

—¿Dónde está mi tía? —pregunté cortantemente—.

¿Sabes dónde está?

—No —contestó Kareen—. Baja la luz... ¿de acuerdo? No tienes porque lastimarme la vista.

Bajé la luz.

—¿Tu padre le hizo algo a mi tía? ¿Lastimó a mi tía Benna?

—¡No! —gritó Kareen—. ¿Cómo puedes preguntar eso, Mark? Mi papá no es malo. Él y Benna no están de acuerdo en algunas cosas.

—¿Estás segura que no sabes dónde está mi tía? ¿Está escondida en algún lugar? ¿Ocultándose de tu padre? ¿Sigue en la isla? —esas preguntas me daban vueltas. Quería sujetar a Kareen y obligarla a decirme la verdad.

Ella se acomodó el cabello alisándolo a ambos lados.

—No sabemos dónde está tu tía. Realmente no lo sabemos —insistió—. Por eso Carolyn te trajo aquí, para que nos ayudes a encontrarla. Estamos preocupados por ella, en serio.

—¡Eso es mentira! —grité enojado—. Leí el cuaderno de mi tía. Tu padre no está preocupado por ella.

—Bueno, yo sí —insistió Kareen—. Me cae muy bien, se ha portado muy bien conmigo. No me importa todo lo que papá y tía Carolyn dicen sobre ella. Estoy preocupada por ella, en serio.

Levanté la linterna otra vez. Quería examinar la expresión de Kareen. Quería ver si me estaba diciendo la verdad.

Sus ojos azules destellaron ante la luz. Vi que una lágrima le corría por una mejilla. Me convencí de que era honesta conmigo.

—Bueno, si estás preocupada por mi tía, ayúdame a escapar de aquí —dije, bajando una vez más la linterna.

—Está bien, te ayudaré —respondió rápidamente, sin reflexionar.

Abrí la puerta y salí. Kareen me siguió. Cerró la puerta silenciosamente detrás de ella.

—Apaga la luz —susurró—. No queremos que papá o Carolyn nos vean.

Apagué la luz y empecé a caminar sobre el pasto mojado hacia mi cabaña, con rapidez. Kareen se apresuró para mantener mi paso.

—Me voy a vestir —le susurré—. Después intentaré encontrar a tía Benna. —Un escalofrío recorrió mi espalda. —¿Pero, cómo? ¿Adónde debo ir?

—Usa la Magia de la selva —susurró Kareen—. Te dirá dónde está Benna, te dirá hacia donde dirigirte.

—¡Pero no puedo! —exclamé con voz aguda—. Hasta el día de hoy, ni siquiera sabía que *tenía* algún tipo de magia. Ni siquiera estoy seguro si debo creerlo.

—Usa la magia…—susurró Kareen, mirándome con los ojos entornados.

—¡Pero no sé cómo! —insistí.

—La magia te guiará —contestó—. Estoy segura que te mostrará el camino.

Yo no estaba tan seguro. Sin embargo, no dije nada.

La mente me daba vueltas. Las palabras que tía

Benna había escrito seguían entretejiéndose en mis pensamientos.

Debería estar muy lejos de aquí, solamente así estaría seguro.

Ahora, ¿cómo escaparía del doctor Hawlings y Carolyn? ¿Cómo?

Nos dirigimos hacia la hilera de cabañas. El aire todavía se sentía caliente y húmedo. El cielo se había vuelto negro, no había estrellas ni luna.

"Me vestiré y escaparé", me dije.

Vestirme. Escapar.

—Apúrate, Mark —susurró Kareen a mi lado—. Apúrate y no hagas ruido. Papá tiene el sueño muy ligero.

Ante mis ojos apareció mi cabaña, al final de la hilera. Sin embargo, antes de que pudiera llegar a ella, escuché el ruido sordo de pisadas sobre el pasto. Pisadas rápidas.

Kareen jadeó y me sujetó del brazo.

—¡Oh, no! ¡Es *él!*

14

Creo que salté con un pie en el aire.

¿Debía correr? ¿Intentar esconderme?

Si esto fuera un juego del *Rey de la selva,* sabía qué movimientos tenía que realizar, sabía cómo escapar del Científico Malvado. Sujetaría una parra y me alejaría colgado hacia un lugar seguro. Y conseguiría unas cuantas vidas extra en el camino.

Sin embargo, por supuesto, esto no era un juego.

Recargué la espalda contra la pared de la cabaña y me quedé inmóvil.

Las rápidas pisadas se escuchaban más cerca.

Seguí conteniendo la respiración, pero mi corazón todavía latía con violencia.

Contuve la respiración... y vi a un animal de aspecto gracioso que se acercaba saltando hacia mí.

No era el señor Hawlings, era un conejo de aspecto raro, con enormes orejas y grandes patas que hacían un ruido sordo contra el piso al saltar.

Miré a la extraña criatura que se movía rápidamente, desapareciendo entre dos de las cabañas más bajas.

—¿Es un conejo?

Kareen se llevó un dedo a los labios, recordándome que tenía que permanecer en silencio.

—Es una nueva especie de conejo gigante que tu tía descubrió.

—Muy educativo —murmuré—. Pero, ¿necesito una lección ahora?

Kareen me empujó por los hombros hacia mi cabaña.

—Apúrate, Mark. Si mi papá se despierta… —No terminó la oración.

Si despierta, reducirá mi cabeza. Terminé la oración para mis adentros.

De repente, sentía las piernas como si estuvieran a punto de colapsarse. Pero me obligué a entrar a mi oscura cabaña.

Las manos me temblaban con tanta fuerza que casi no pude vestirme. Me puse el pantalón de mezclilla que había usado ese día y una playera de manga larga.

—¡Apúrate! —susurró Kareen desde la puerta—. ¡Apúrate!

Deseaba que dejara de repetir eso. Cada vez que lo hacía, me sentía tenso.

—¡Apúrate, Mark!

Abrí mi maleta y tomé la linterna que había llevado. Y después me dirigí a la puerta.

—Apúrate, Mark. ¡En marcha! —susurró Kareen.

Me detuve a medio camino en la cabaña. Tomé la cabeza reducida y la metí en el bolsillo de mi playera. Después abrí la puerta de un empujón y salí.

¿Adónde debía a ir? ¿Qué debía hacer? ¿Cómo podía encontrar a mi tía?

Un millón de preguntas cruzaban por mi mente. Sentía la garganta tan seca que inclusive me dolía. Se me ocurrió que sería buena idea conseguir uno de esos refrescos de cola fríos que había en el laboratorio, pero sabía que no podía arriesgarme a despertar al papá de Kareen.

Empezamos a caminar a través del pasto mojado.

—No enciendas la linterna hasta que los árboles te tapen —me dijo Kareen.

—¿Pero, adónde voy? ¿Cómo encuentro a tía Benna? —susurré, tragando saliva.

—Sólo hay un camino —me dijo Kareen, señalando hacia los enmarañados árboles al final del claro—. Te guiará parte del camino.

—Después, ¿qué? —le pregunté con voz temblorosa.

Clavó la vista en mí.

—La Magia de la selva te guiará el resto del camino.

Sí, claro.

Y la siguiente semana, al aletear llegaría a la Luna.

Tenía la necesidad repentina de darme la vuelta, regresar a mi pequeña choza, ir a la cama y fingir que no había leído nunca el cuaderno de mi tía.

Pero entonces Kareen y yo pasamos frente al gran montón de cabezas reducidas. Todos los ojos oscuros parecían mirarme fijamente, unos ojos demasiado tristes.

Decidí que no quería que mi cabeza terminara en ese montón. ¡De ningún modo!

Empecé a trotar hacia los árboles.

Kareen se apresuró para mantener mi paso.

—¡Buena suerte, Mark! —me dijo suavemente.

—Gra... gracias —tartamudeé. Entonces me detuve y volteé hacia ella—. ¿Qué le vas a decir a tu papá en la mañana?

Kareen se alzó de hombros. El viento ondeó su rubio cabello alrededor de su rostro.

—No le diré nada —dijo—. Le diré que dormí durante toda la noche y que no escuché nada.

—Gracias —repetí. Después, sujeté con firmeza la linterna, me di la vuelta y corrí entre los árboles.

El camino era suave y arenoso. La arena se sentía húmeda a través de mis sandalias. Las parras y las hojas grandes y aplanadas estaban esparcidas a lo largo del sendero. Mientras corría a lo largo del camino, las hojas y las parras me golpeaban las piernas.

La hierba mala se alzaba a lo largo del sendero. Después de un minuto o algo así, la oscuridad había aumentado demasiado para poder ver. ¿Me habría desviado del sendero?

Encendí la linterna y alumbré la tierra.

La luz se deslizó sobre la mala hierba, los extraños helechos y las parras. Parecía que los árboles de tronco negro se inclinaban hacia mí intentando alcanzarme con sus brazos lisos.

No había camino.

"Heme aquí —pensé, escrutando entre el pálido rayo de luz—. Heme aquí, solo en la selva".

¿Ahora qué hago?

15

—¡Ay!

Aplasté un mosquito en mi cuello. Demasiado tarde, pude sentir la punzada de su mordida.

Frotándome el cuello, di unos cuantos pasos a través de la mala hierba. Mantuve el círculo de luz frente a mis pies.

Aa-U-ta. Aa-U-ta.

Un grito agudo, muy cercano, me hizo detenerme.

Recordé que la noche en la selva pertenece a las criaturas.

Aa-U-ta. Aa-U-ta.

¿Qué *era* eso?

No era un conejo gigante, pero sonaba como si fuera realmente GRANDE.

Hice girar la luz en un círculo, manteniéndola baja sobre el pasto y las parras. Los lisos troncos de los árboles resplandecían morados bajo la pálida luz.

No veía ningún animal.

Bajé la luz.

El cuerpo entero me temblaba. A pesar del calor

húmedo de la noche, no hacía más que estremecerme.

El viento hizo que todas las hojas se movieran y que los árboles se inclinaran y susurraran.

Me percaté que la selva estaba viva.

Los insectos chirriaban por todas partes. Las hojas gordas arañaban y crujían. Escuché el suave crujido de las pisadas de un animal que corría sobre la tierra.

Aa-U-ta. Aa-U-ta.

¿Qué era eso?

Sin haberme dado cuenta, me había recargado contra un árbol bajo. Respiré profundamente y retuve la respiración, escuchando con atención.

¿El animal se estaba acercando?

Densas matas de hojas colgaban de las ramas bajas y formaban algo parecido a una cueva. "Estoy protegido aquí abajo", pensé, mirando alrededor. De repente me sentí un poco más protegido, oculto bajo las hojas gruesas, bajo las ramas bajas.

A través de mi techo de hojas, divisé un rayo blanco plateado de luna que hizo que las hojas brillaran como la plata.

Apagué la linterna y me senté en la tierra. Me recargué contra el tronco liso y miré arriba a la Luna, respirando lenta y regularmente.

Tan pronto como me calmé, me percaté de lo cansado que estaba. El cansancio cayó sobre mí como una cobija pesada, bostecé ruidosamente. Mis párpados parecían pesar toneladas.

Intenté permanecer alerta. Sin embargo, no pude combatir la pesadez.

Con el canto de los insectos como canción de cuna, recargué la cabeza contra el tronco del árbol y me quedé profundamente dormido.

Soñé con cabezas reducidas. Docenas de cabezas reducidas, con la piel de cuero color morada y verde, los ojos negros brillando como carbones encendidos, los secos labios negros estirados hacia atrás en una mueca enojada.

Las cabezas flotaban y bailaban en mi sueño. Salían volando hacia delante y atrás como pelotas de tenis. Volaban hacia mí, rebotaban en mi pecho y me golpeaban la cabeza. Pero yo no las sentía.

Rebotaban y flotaban. Y después los secos labios se abrieron y empezaron juntos a cantar:

—*Pronto, Mark. Pronto.*

Ésa era su canción.

Las palabras salían con una voz rasposa y áspera. El sonido del aire cascabeleaba a través de las hojas secas.

—*Pronto, Mark. Pronto.*

Un horrendo y aterrador canto.

—*Pronto, Mark. Pronto.*

Los labios negros se torcían en una mueca mientras cantaban. Los ojos de carbón brillaban. Las cabezas, docenas de cabezas arrugadas y marchitas, se balanceaban y rebotaban.

Me desperté sintiendo las palabras susurrantes en el oído.

Parpadeé. La grisácea luz de la mañana brillaba a través de las hojas del árbol. La espalda me dolía.

Sentía mojada la ropa.

Me tomó unos cuantos segundos recordar dónde estaba.

El aterrador sueño siguió dándome vueltas en la cabeza. Llevé la mano al bolsillo de mi playera. Sentí la cabeza reducida en el interior.

Tenía comezón en la cara.

Levanté la mano para rascarme la mejilla... y sentí algo en ella. ¿Una hoja?

No.

Miré fijamente el insecto que estaba en mi mano. Una hormigota roja. Casi del tamaño de un saltamontes.

—¡Agh! —La tiré.

La piel me hormigueaba. Sentí comezón en la espalda. Algo se movía por arriba y abajo en mis piernas.

Me enderecé de inmediato. Ahora estaba completamente despierto y alerta.

Sentía una terrible comezón. Todo el cuerpo me hormigueaba.

Me miré, miré mi pantalón de mezclilla y mi playera y empecé a gritar.

16

Me puse de pie de un salto, agité los brazos en el aire, pataleé. Mi cuerpo estaba cubierto por hormigas rojas gigantes, cientos y cientos de ellas. Trepaban por mis brazos, piernas y mi pecho.

Sus patas pegajosas arañaban mi garganta y mi nuca. Quité una gorda de mi frente, luego otra de mi mejilla.

Levanté las manos y sentí que también tenía en el cabello.

—¡Ay! —Un gemido grave escapó de mi garganta cuando me di un golpe en la cabeza. Me sacudí el cabello con las manos y vi cómo las hormigotas rojas caían a la tierra.

Sentí cómo caminaban muchísimas sobre el dorso de mis manos. Eran enormes y se sentían calientes y pegajosas.

Me puse de rodillas, sacudiéndome el pecho, sacando los insectos de mi cuello. Empecé a rodar frenéticamente en el crecido pasto y me mojé con el denso rocío de la mañana.

Rodé y me sacudí, rodé sin parar, intentaba aplastar a los insectos, intentaba aventarlos lejos de mí. Agarré un montón de ellas del cabello y las lancé al arbusto frondoso.

Me esforcé por ponerme nuevamente de pie, moviéndome y retorciéndome, aventando aquellas gigantescas hormigas rojas.

Sin embargo, eran demasiadas. La piel me hormigueaba y me daba comezón. Sus diminutas patas se pegaban a mis brazos, piernas y pecho. Sentía tanta comezón que casi no podía respirar.

"Me estoy sofocando", me percaté. Las hormigas… ¡van a *asfixiarme!*

—¡Kah-li-ah! —grité, retorciéndome y manoteando—. ¡Kah-li-ah!

Ante mi sorpresa, las hormigas empezaron a bajarse de mi cuerpo.

—¡Kah-li-ah! —grité una vez más.

Las hormigas bajaban como torrente a la tierra. Saltaban de mi cabello, bajaban de mi frente, de la parte delantera de mi playera.

Las miré fijamente, sorprendido, mientras caían a la tierra. Después se alejaron, subiendo una encima de otra, en desbandada por el crecido pasto.

Me froté el cuello, me rasqué las piernas. El cuerpo entero me hormigueaba todavía, sentía comezón de los pies a la cabeza.

Pero las hormigotas se habían ido. Habían saltado de mí cuando grité mi palabra especial.

La palabra especial.

Miré mi playera, intentando librarme del espantoso hormigueo. Los ojos de la cabeza reducida brillaron en el interior de mi bolsillo, era un resplandor amarillo brillante.

—¡Guau! —Sujeté la cabeza y la saqué del bolsillo. La levanté frente a mí.

—¡Kah-li-ah! —grité.

Los ojos resplandecieron más.

Mi palabra especial.

¿De dónde había salido esa palabra? No lo sé, supongo que la inventé.

Pero de repente supe que la palabra era el secreto detrás de la Magia de la selva.

La palabra… y la cabeza reducida.

De alguna forma, la palabra había traído a la vida la Magia de la selva. Cuando la dije, las hormigas saltaron de mí y se alejaron rápidamente.

Me quedé viendo la cabecita brillante con gran excitación. El corazón me latía violentamente en el pecho. Me concentré en la cabeza.

Yo *tenía* la Magia de la selva.

El doctor Hawlings y Carolyn tenían razón.

Tenía la Magia de la selva y no lo sabía, y la palabra *Kah-li-ah* era la llave que la desplegaba.

Me había ayudado a librarme de aquellas horrendas hormigas rojas. ¿Me ayudaría a encontrar a tía Benna?

—¡Sí! —grité en voz alta—. ¡Sí!

Sabía que lo haría. Ahora sabía que podría encontrarla.

Ya no tenía miedo de la selva y sus criaturas. Ya no tenía miedo de cualquier cosa que me esperara en esta frondosa y caliente selva.

Tenía la Magia de la selva...

Y sabía cómo usarla.

Y ahora, tenía que encontrar a tía Benna.

El sol rojo de la mañana se elevaba por encima de las copas de los árboles. El aire se sentía caliente y húmedo. Los pájaros gorjeaban y cantaban sobre las ramas de los árboles.

Sujeté la linterna con una mano y la cabeza reducida con la otra y empecé a correr hacia el sol.

"Iré hacia el este —me dije—. El sol se eleva por el oriente".

¿Era la dirección correcta para encontrar a mi tía?

Sí. Estaba seguro que estaba en lo cierto. Decidí que la Magia de la selva me guiaría. Tan sólo necesitaba seguirla y me llevaría a tía Benna, dondequiera que estuviera escondiéndose en esta isla.

Corrí sobre parras gruesas y llenas de hojas y arbustos bajos. Me agaché bajo las ramas blancas de los árboles. Anchas hojas de enormes helechos verdes me golpeaban la cara mientras corría entre ellos.

El sol brillaba sobre mi cara mientras atravesé un amplio claro de arena. El sudor me resbalaba por la frente.

—¡Ay! —grité cuando mis pies se resbalaron sobre la arena blanda.

Me resbalé. Perdí el equilibrio. Estiré las manos. La linterna y la cabeza reducida cayeron a la arena.

—¡Ay!

Empecé a hundirme.

La arena ascendía por mis tobillos. Hacia mis piernas. Pataleé, agité los brazos violentamente. Levanté las rodillas, intenté salir de la arena profunda. Sin embargo, estaba hundiéndome, más rápido ahora.

La arena llegó a mi cadera.

Cuanto más luchaba, más rápido me hundía.

Más hondo, hacia lo más profundo del interior del foso de arena.

17

No podía mover las piernas. Me había hundido demasiado en la arena caliente y húmeda.

La arena subía por mi cadera.

"No hay fondo —pensé—. Voy a seguir hundiéndome. Me voy a hundir más y más hasta que me cubra la cabeza. Hasta desaparecer para siempre".

Mis amigos Eric y Joel una vez me dijeron que las arenas movedizas no existen. En este momento deseaba que tuvieran razón. ¡Podía enseñarle lo equivocados que estaban!

Abrí la boca para pedir auxilio, sin embargo, estaba tan aterrado para producir sonido alguno. Tan sólo un diminuto chillido salió.

"¿Qué de bueno tiene gritar?", me pregunté.

No había nadie alrededor en varios kilómetros de distancia. Nadie que pudiera oírme.

La arena se sentía espesa y gruesa mientras me hundía cada vez más. Estiré ambas manos y las levanté por encima de mi cabeza, las moví como si intentara aferrarme a algo.

Intenté mover las piernas, impulsarlas como si me mantuviera a flote verticalmente o estuviera pedaleando una bicicleta.

Sin embargo, la arena estaba tan pesada. Y yo estaba tan adentro. Mi pecho estaba invadido por el terror ahora. Jadeaba constantemente, intentando respirar. Abrí la boca una vez más para pedir auxilio.

Y entonces tuve una idea.

—¡Kah-li-ah! —grité con la voz aguda y atemorizada.

—¡Kah-li-ah! ¡Kah-li-ah!

No ocurrió nada.

18

—¡Kah-li-ah! ¡Kah-li-ah!

Pronuncié la palabra como un alarido hasta donde podía. Sin embargo, seguí hundiéndome más y más en el pantanoso y húmedo foso de arena.

—¡Kah-li-ah!

No, nada. Agité los brazos sobre la cabeza y miré hacia arriba el pálido cielo azul, los árboles a la orilla del claro. No había más que árboles hasta donde alcanzaba a ver.

Nadie más estaba por ahí. Nadie para ayudarme.

—¡Ah!

Repentinamente me di cuenta porqué la palabra mágica no estaba funcionando. No tenía la cabeza reducida. La cabeza había salido volando de mi mano cuando me caí en el foso de arena.

¿Dónde estaba? ¿Dónde? ¿Se había hundido en la arena?

Busqué frenéticamente con los ojos sobre la superficie color café y amarillo. La arena mojada burbujeaba alrededor de mí haciendo un sonido de *ploc, ploc,* como una sopa espesa.

Me hundí más. Y vi la cabeza reducida. Estaba sobre la superficie. Sus ojos negros miraban hacia el cielo. Su cabello estaba enredado debajo de ella, esparcido sobre la arena.

Con un grito emocionado, estiré ambas manos e intenté alcanzarla.

No. Estaba demasiado lejos, fuera de mi alcance, a varios centímetros de mi alcance.

—Uh —lancé un quejido grave al intentar alcanzarla. Estiré ambas manos, las estiré más, más. Me incliné hacia delante en la arena. Me incliné y me estiré e intenté alcanzarla, agarrarla, enroscando los dedos. Gemía. Estirándome más y más, a través de la arena mojada.

Sin embargo no pude alcanzarla, no pude hacerlo. La cabeza estaba a unos centímetros de las yemas de mis dedos.

Unos centímetros que parecían un kilómetro. No había forma, no había forma.

Mis dedos tan sólo conseguían aferrarse al aire. No podía alcanzarla. Sabía que estaba condenado. Mis manos cayeron pesadamente sobre la arena mojada. Suspiré derrotado.

19

Mis manos hicieron un sonido parecido al de una bofetada al golpear la arena y la cabeza rebotó.

—¿Eh? —lancé un grito sorprendido. Mi corazón empezó a latir con violencia.

Golpeé la superficie de la arena mojada una vez más con ambas manos. La cabeza rebotó, estaba más cerca de mí. Otro golpe fuerte, otro rebote. La cabeza estaba a tan sólo unos cuantos centímetros de mí. La sujeté y la sostuve con firmeza… y contento grité la palabra.

—¡*Kah-li-ah!*

Al principio, no ocurrió nada.

Me quedé sin aliento y aterrado.

—¡*Kah-li-ah!* ¡*Kah-li-ah!*

Esperaba salir volando, ser levantado del foso de arena, flotar mágicamente hacia tierra firme.

—Magia de la selva… ¡funciona por favor! ¡Funciona por favor! —grité en voz alta.

Sin embargo, no me moví. Me hundí un poco más. La arena me llegó al pecho.

Me quedé viendo fijamente la cabeza reducida que tenía en la mano. Me pareció que los ojos negros me devolvieron la mirada.

—¡Ayúdame! —grité—. ¿Por qué no estás ayudándome?

Y entonces vi las parras. Parras color amarillo y verde que trepaban sobre el foso de arena, moviéndose como serpientes largas. Una docena de parras que se movían y retorcían, deslizándose hacia mí desde todas partes.

El corazón me latió violentamente al ver que las parras se deslizaban, acercándose, hasta que estiré una mano libre y sujeté el extremo de una parra.

Sin embargo, la parra pasó frente a mi mano, moviéndose rápidamente con fuerza sorprendente. Se enroscó alrededor de mi pecho… y empezó a tensarse.

—¡No! —lancé un grito de protesta. ¿Acaso iba a estrangularme?

Otra parra se hundió en la arena. Sentí cómo se enroscaba alrededor de mi cintura.

—¡No… deténganse! —bramé.

Las parras se enroscaron firmemente alrededor de mí y luego empezaron a jalarme. La arena mojada chapoteó cuando empecé a moverme a través de ella.

Sujetando la cabeza reducida en el aire, dejé que las parras me arrastraran a través de la arena. Me jalaban con fuerza y rapidez. La arena salía volando a mi lado.

Unos cuantos segundos después, las parras me depositaron de rodillas sobre tierra firme. Lancé un grito de felicidad. Las parras se retiraron instantáneamente. Las vi retroceder, enroscándose con rapidez en los matorrales.

Me agaché ahí, intentando recuperar el aliento, vigilando hasta que las parras desparecieron de mi vista. Después me puse de pie.

Sentía las piernas temblorosas y débiles. El cuerpo entero me temblaba por haber estado tan cerca de hundirme.

Sin embargo, no importaba. Me sentía con ganas de saltar, aplaudir y gritar de alegría. La Magia de la selva había funcionado. ¡La Magia de la selva me había salvado una vez más!

La arena mojada me chorreaba del pantalón de mezclilla, de la camisa y de los brazos… ¡inclusive del cabello! Me sacudí violentamente. Introduje la cabeza reducida en el bolsillo de la camisa, después empecé a sacudir mi ropa para quitarme la arena.

"Ahora, ¿qué?", me pregunté, mirando rápidamente alrededor. El sol se había elevado en el cielo. Los árboles, helechos y matas brillaban con un resplandor verde y dorado. El aire se había vuelto caliente. La camisa se me pegaba en la espalda por lo mojada que estaba.

Ahora, ¿qué?

¿Cómo encontraría a tía Benna?

Saqué la cabeza reducida de mi bolsillo y la sostuve frente a mí.

—¡Guíame! —le ordené.

No ocurrió nada.

Sacudí la arena de su piel de cuero. Retiré arena de

entre sus delgados labios negros.

Me di la vuelta hacia el sol y di unos cuantos pasos. ¿Seguía caminando hacia el este?

Ante mi sorpresa, los ojos oscuros de la cabeza reducida empezaron repentinamente a brillar.

¿Qué significaba eso? ¿Significaba que me estaba acercando a tía Benna? ¿Significaba que caminaba en la dirección correcta?

Decidí probarlo.

Giré sobre mí mismo y empecé a regresar hacia el foso de arena.

Los ojos de la cabeza instantáneamente se apagaron.

Me di la vuelta y empecé a caminar hacia el norte.

Los ojos siguieron apagados.

Giré otra vez en dirección hacia el sol.

¡Sí! Los ojos empezaron a brillar otra vez.

—¡Kah-li-ah! —grité contento. La cabeza me estaba guiando hacia mi tía.

Los animales aullaban y los insectos cantaban fuerte mientras me dirigía a través de los árboles y los crecidos matorrales. Todo eso sonaba ahora como música para mí.

—¡Tía Benna, voy hacia ti! —coreé.

Me encontré caminando hacia el interior de la selva. Tenía que agachar la cabeza para evitar golpearme con las ramas bajas y las parras frondosas que se tendían de árbol en árbol.

Escuché cantos raros de pájaros en lo alto, como si los pájaros estuvieran hablando entre ellos. Cuando me agaché bajo una rama baja, todo el árbol pareció temblar, y miles de pájaros negros salieron de las ramas, graznando furiosamente, eran tantos que oscurecieron el cielo al alejarse volando.

De repente llegué a un pequeño claro que se dividía en dos senderos, uno a la izquierda, otro a la derecha. ¿Qué camino debía tomar?

Sostuve la cabeza reducida frente a mí, observándola cuidadosamente. Empecé a caminar hacia la izquierda.

Los ojos se apagaron. Camino incorrecto.

Me di la vuelta y empecé a caminar hacia la derecha, vi cómo los ojos empezaron a brillar nuevamente.

¿Acaso tía Benna estaba escondida en algún lugar en esos árboles? ¿Estaba acercándome?

La zona de árboles terminó bruscamente otra vez y me encontré en un claro cubierto de pasto. Entrecerré los ojos por la brillante luz del sol, recorriendo con la vista la superficie brillante del pasto verde.

Un gruñido grave me hizo darme la vuelta hacia los árboles.

—¡Oh! —lancé un grito agudo al ver al tigre. Casi se me doblan las piernas.

El tigre levantó la cabeza y gruñó nuevamente. Era un gruñido enojado. Estiró hacia atrás sus labios y enseñó unos dientes enormes. Arqueó el lomo, con el pelo amarillo pardo erizado en un extremo.

Después con un furioso siseo, se lanzó contra mí.

20

Las enormes zarpas del tigre se estamparon contra el pasto. Enfurecido, clavó en mí sus ojos amarillos.

Divisé dos tigrillos detrás de él, acurrucados bajo la sombra de un árbol.

"¡No voy a lastimar a tus crías!", quería gritar, pero no había tiempo.

La tigresa lanzó un rugido furioso al atacar.

El rugido ahogó mi grito al tiempo que levanté la cabeza reducida frente a mí con la mano temblorosa.

—¡Kah-li-ah!

Mi voz salió como un quejido.

Casi tiro la cabeza. Me desplomé de rodillas y me hundí en el pasto.

La tigresa se acercó para matarme. Sus pesadas zarpas retumbaron en la tierra cuando saltó hacia mí.

Se sentía como si estuviera temblando.

¡Estaba temblando!

Ante mi espanto, escuché un sonido ensordecedor de algo que se rajaba, como si alguien rompiera una venda, sólo que mil veces más intenso.

Lancé un grito cuando la tierra retumbó. Tembló. El pasto se rompió. La tierra se partió en dos y se abrió.

Empecé a caer por un agujero interminable que se había formado en la tierra.

No dejaba de bajar.

Iba gritando todo el tiempo.

21

—¡Auuuu!

Aterricé con fuerza sobre mis codos y rodillas. El dolor me sacudió el cuerpo entero. ¡Prácticamente vi estrellitas! Cientos de ellas, rojas y amarillas. Intentando parpadear para dejar de verlas, me puse de rodillas.

La cabeza reducida se había caído de mi mano y había rebotado. La vi a unos cuantos centímetros de mí sobre la tierra. Me lancé hacia ella, la levanté con mi mano temblorosa y la sostuve con firmeza.

Me sentía mareado y golpeado. Cerré los ojos y esperé a que el mareo cediera. Cuando los abrí, me di cuenta que me había caído en un foso profundo. Me rodeaban muros de tierra. El cielo azul era un pequeño cuadrado a lo lejos sobre mi cabeza.

La Magia de la selva me había salvado nuevamente. La magia había hecho que la tierra se partiera para que yo pudiera caer a un lugar seguro. Para así poder escapar de la tigresa.

Escuché un gruñido grave arriba de mí.

Con un grito de susto, miré hacia arriba al inicio del foso. Y vi dos ojos amarillos mirándome.

La tigresa gruñó, mostrando los dientes.

Me di cuenta de que no había escapado.

"Estoy atrapado aquí. Si la tigresa salta al foso, acabará conmigo en unos cuantos segundos", pensé.

No tenía hacia dónde correr, no había forma de escapar.

Choqué de espaldas contra el muro de tierra. Miré fijamente a la airada tigresa. Me miraba hambrienta, rugiendo nuevamente. Preparándose para saltar hacia mí y atacar.

—¡Kah-li-ah! ¡Kah-li-ah! —grité.

Como respuesta, la tigresa rugió.

Me recargué de espaldas contra la tierra. Intenté que mi cuerpo dejara de temblar.

"¡Por favor, no bajes aquí! —supliqué silenciosamente—. *¡Por favor, no saltes a este foso!"*.

Los ojos amarillos brillaban a la luz del sol. Movió nerviosamente sus bigotes plateados al tiempo que lanzó otro rugido de advertencia.

Y después vi una cara felina amarilla y negra que apareció por la boca del foso. Era uno de los cachorros. Miró hacia abajo, hacia mí, sobre el extremo del pasto.

El otro cachorro apareció a su lado. Se inclinó sobre el extremo del foso, se inclinó tanto, ¡que por poco se cae!

La tigresa se movió rápidamente. Bajó la cabeza… y empujó al cachorro lejos de la orilla. Después levantó al otro cachorro con los dientes y lo alejó del lugar.

Tragué saliva, no me moví. Recargué la espalda contra la tierra fría. Miraba fijamente hacia arriba, vigilaba el cuadrado de cielo azul. Esperé que la tigresa regresara.

Esperé y esperé. Contuve el aliento.

Ahora había silencio. Estaba tan silencioso que podía escuchar el viento soplando con fuerza a través del crecido pasto.

Un pedazo de tierra se desprendió del muro del foso y cayó al fondo, desmenuzándose al aterrizar. Fijé la vista en la abertura y escuché atentamente, en espera de la tigresa.

Después de que transcurrió mucho tiempo, a mi parecer horas, dejé escapar una larga bocanada de aire. Me retiré del muro y me estiré.

"La tigresa no va a regresar", decidí.

Tan sólo quería proteger a sus cachorros. Ahora, ya se los había llevado lejos de ahí, muy lejos.

Me estiré nuevamente. Mi corazón todavía latía con violencia. Pero estaba empezando a sentirme como siempre.

"¿Cómo puedo salir de aquí?, —me pregunté, mirando los empinados muros de tierra—. ¿Podré trepar por ahí?".

Coloqué la cabeza reducida en mi bolsillo. Después enterré ambas manos en la tierra suave y fría e intenté subir.

Me impulsé hacia arriba algunos centímetros. Entonces la tierra se desprendió bajo mis zapatos. Se desmenuzó y cayó, y yo me resbalé de regreso al fondo.

"No. No hay forma. No podré subir", me percaté.

Alcancé la cabeza reducida. Estaba seguro de que debía usar la Magia de la selva.

La magia me hizo llegar aquí abajo, ahora la usaría para salir.

Levanté la cabeza frente a mí. Pero antes de que pudiera decir palabra alguna, la oscuridad invadió el foso.

"¿El sol se está ocultando?", me pregunté.

Miré hacia la abertura.

No. No estaba anocheciendo. El cuadrado de luz que divisaba todavía era de color azul brillante. Pero alguien estaba parado ahí, tapando la luz del sol.

¿La tigresa? ¿Un ser humano? Miré con atención, intentando ver.

—¿Qui... quién está ahí? —pregunté.

22

Había un rostro inclinado sobre la orilla, mirándome con ojos entornados. Entrecerrando los ojos por la brillante luz del sol, pude ver que la persona tenía cabello rubio. Ojos color azul pálido.

—¡Kareen! —grité.

Ella se llevó las manos alrededor de la boca.

—Mark… ¿qué haces allá abajo?

—¿Qué haces tú aquí? —grité.

El cabello le cubrió el rostro. Se lo hizo para atrás.

—Te... te seguí. ¡Estaba tan preocupada por ti!

—¡Sácame de aquí! —le grité. Intenté subir otra vez. Pero mis zapatos resbalaron por la tierra.

—¿Cómo? —me preguntó.

—Supongo que no trajiste una escalera —grité.

—Mmm… no, Mark —dijo Kareen cortantemente. Creo que ella no tiene un gran sentido del humor.

—Tal vez pueda conseguir una cuerda o algo así —sugirió.

—No es tan fácil encontrar cuerdas en medio de la selva —le recordé.

Ella sacudió la cabeza. Su rostro se contrajo en una expresión de preocupación.

—¿Qué tal una parra? —le dije—. Ve si puedes encontrar una parra larga. Podría trepar con una parra.

Se le iluminó la cara. Desapareció. Yo esperé impacientemente. Y esperé.

—Por favor, apúrate —murmuré en voz alta, con la vista clavada en la abertura—. Por favor, apúrate.

Escuché el graznido de las aves que venía de algún lugar arriba. Alas en movimiento. Más graznidos.

"¿Los pájaros estarán asustados? —me pregunté—. Si es así, ¿cuál es la razón? ¿Habría regresado la tigresa?".

Me recargué contra el muro de tierra, inspeccionando el cielo.

Finalmente, Kareen reapareció.

—Encontré una parra. Pero no sé si sea del tamaño adecuado.

—Bájala por un lado —le dije—. Rápido, tengo que salir de aquí, me siento como un animal atrapado.

—Fue difícil arrancarla de la tierra —se quejó. Empezó a bajar la parra. Parecía una serpiente larga que bajaba en espiral por un lado del foso.

Se detuvo a unos cuantos pasos por encima de mi cabeza.

—Voy a saltar y a sujetarme de ella —le dije a Kareen—. Después intentaré trepar al tiempo que tú la jalas. Amarra el otro extremo a tu cintura, ¿está bien? ¡No la sueltes!

—¡No me vayas a jalar tú! —me contestó.

Esperé a que amarrara la parra alrededor de ella. Después doblé las rodillas y salté. No alcancé el extremo de la parra por unos cuantos centímetros.

Ésta era una de las veces en que deseaba ser alto y delgado en vez de bajito y regordete.

Aún así, agarré la parra al tercer intento. La abracé con ambas manos.

Después apoyé las suelas de mis zapatos contra el muro de tierra y empecé a impulsarme hacia arriba como un alpinista.

La tierra seguía soltándose bajo mis pies y la parra se hacía cada vez más resbalosa a medida que mis manos empezaban a sudar. Sin embargo, con Kareen animándome a continuar, logré llegar a la cima.

Me quedé tendido sobre el crecido pasto por un momento, respirando su fragancia dulce. Era maravilloso estar fuera de aquel profundo agujero.

—¿Cómo te caíste ahí? —preguntó Kareen, aventando el extremo de la parra sobre la tierra.

—Fue fácil —contesté. Me puse de pie e intenté sacudirme la tierra de la ropa.

—¿Pero viste aquel gran foso? —preguntó.

—No exactamente —le dije. Quería cambiar el tema de conversación—. ¿Cómo me encontraste? ¿Qué haces aquí, Kareen?

Clavó sus ojos azules en los míos.

—Estaba preocupada por ti. Yo... yo no estaba tan segura de que deberías estar completamente solo en la selva. Por lo tanto, me escapé. Papá estaba trabajando en su laboratorio. Me alejé del campamento y te seguí.

Me sacudí terrones de lodo del cabello.

—Bueno, me alegro —confesé—. ¿Pero no te vas a meter en líos con tu padre y Carolyn?

Se mordió el labio inferior.

—Probablemente. Pero si encontramos a tu tía, el riesgo valdrá la pena.

¡Tía Benna!

Intentando sobrevivir al peligro de la arena movediza y la tigresa, casi la había olvidado.

Una sombra se cernió sobre nosotros. El aire se volvió repentinamente más frío. Miré hacia el cielo, el sol estaba ocultándose bajo los árboles.

—Casi es de noche —dije en voz baja—. Yo... yo espero que podamos encontrar a tía Benna antes de que oscurezca completamente.

Ya había pasado una noche en la selva y no tenía ganas de pasar otra más.

—¿Sabes hacia dónde ir? —preguntó Kareen—. ¿Tan sólo vas a la deriva, esperando tener suerte?

—De ningún modo —contesté. Saqué la cabeza del bolsillo de mi camisa—. Este amiguito me está mostrando el camino.

—¿Disculpa? —La cara de Kareen mostró sorpresa.

—Sus ojos se encienden cuando voy en la dirección correcta —le expliqué—. Al menos, eso es lo que creo.

Kareen jadeó.

—Quieres decir que realmente sí tienes la Magia de la selva.

Asentí.

—Sí, la tengo. Es tan raro. Hay una palabra que siempre he usado. Kah-li-ah. Una palabra sin sentido, creo que la inventé cuando era pequeño. Pero es la palabra que hace que la Magia de la selva funcione.

—¡Guau! —exclamó Kareen. Una sonrisa se dibujó en su rostro—. ¡Eso es *sorprendente,* Mark! Quiere decir que realmente encontraremos a tía Benna. ¡Es fantástico!

Las sombras sobre la tierra se alargaron más a medida que el sol descendía. Me estremecí cuando una brisa fría sopló sobre nosotros.

El estómago me gruñó, no podía recordar cuándo había sido la última vez que comí. Intenté no pensar en comida, tenía que seguir en movimiento.

—Hay que seguir —dije suavemente. Levanté la cabeza reducida frente a mí y le di vuelta lentamente, hacia un lado, luego al otro, hasta que sus ojos empezaron a brillar—. ¡Por aquí! —grité, señalando a través del claro hacia los árboles.

Empezamos a caminar uno al lado del otro. El crecido pasto silbó, restregándose contra nuestras piernas cuando nos adentramos en él. Los insectos cantaban en los árboles.

Kareen miraba fijamente, sorprendida, los brillantes ojos de la cabeza de piel.

—¿Realmente crees que nos está guiando hacia tía Benna?

—Pronto lo averiguaremos —dije solemnemente.

Nos adentramos en la oscuridad furtiva debajo de los frondosos árboles.

23

A medida que la luz del sol desaparecía, los sonidos de la selva cambiaron. Los pájaros dejaron de gorjear en los árboles. El agudo sonido producido por los insectos se hizo más fuerte. Escuchamos aullidos y rugidos de animales extraños a lo lejos, el sonido rebotaba entre los árboles lisos.

¡Deseaba que los rugidos y aullidos *siguieran* alejados!

Había criaturas oscuras que se deslizaban a través de los crecidos matorrales, helechos y arbustos bajos y macizos. Parecía que la vegetación temblaba cuando criaturas nocturnas pasaban corriendo a través de ellos.

Escuché el silbido de advertencia de las serpientes, el espeluznante ulular de un búho, el suave aleteo de los murciélagos.

Me acerqué a Kareen al caminar. ¡Los sonidos eran mucho más reales que en mi juego *Rey de la selva!*

"Probablemente no vuelva a jugar ese juego después de esto —pensé—. Me va a parecer demasiado aburrido".

Seguimos caminando a través de un grupo de juncos altos y tiesos. Los ojos de la cabeza reducida se apagaron.

—¡Camino equivocado! —susurré.

Kareen y yo nos volteamos hasta que los ojos volvieron a brillar. Después nos movimos hacia delante, abriéndonos paso. Avanzamos sobre unas parras gruesas, entre matorrales enredados y arbustos bajos.

—¡Au! —Kareen se dio un manotazo en la frente—. Mosquito tonto.

El sonido agudo que producen los insectos se hizo más fuerte, ahogando el crujido de nuestros zapatos sobre las hojas y parras que cubrían el piso de la selva.

A medida que la oscuridad se hacía más intensa, los ojos de la cabeza reducida parecían brillar más. Como linternas gemelas que nos guiaban a través de los árboles.

—Me estoy cansando un poco —se quejó Kareen. Se agachó para eludir una rama baja—. Espero que tu tía esté cerca, no sé cuánto más podré caminar.

—También espero que esté cerca —contesté murmurando—. ¡He tenido un día bastante agotador!

Al caminar, no podía dejar de pensar en tía Benna y su cuaderno. No quería hacer sentir mal a Kareen, pero tenía que decir algo.

—Mi tía no escribió cosas muy agradables sobre tu papá y Carolyn en su cuaderno —dije, con la vista clavada en mis pies—. Me sorprendió un poco.

Kareen permaneció en silencio durante mucho tiempo.

—Eso es espantoso —dijo finalmente—. Trabajaron juntos durante tanto tiempo. Sabía que tenían un conflicto.

—¿Sobre qué? —pregunté. Kareen suspiró.

—Papá tiene algunos planes para explotar la selva. Cree que aquí hay minerales muy valiosos. Benna piensa que se debe conservar la selva.

Suspiró nuevamente.

—Creo que por eso discutieron. No estoy segura.

—Según el cuaderno tu papá es malvado o algo por el estilo —murmuré, evitando su mirada.

—¿Malvado? ¿Papá? —gritó—. ¡No, de ningún modo! Es un hombre muy decidido, eso es todo, no es malo, y sé que a papá le sigue importando Benna. Él sigue respetándola y preocupándose por ella. Está realmente preocupado por ella. Él…

—¡Guau! —Sujeté el brazo de Kareen, interrumpiéndola. —Mira. —Señalé a través de los árboles.

Había divisado un claro hacia arriba. Contra el cielo gris, pude ver la silueta oscura de una pequeña choza.

Kareen jadeó.

—Esa casita. ¿Crees...?

Ambos nos acercamos al borde del claro. Algo se deslizó rápidamente sobre mis zapatos, pero lo ignoré. Tenía la vista clavada en la diminuta y oscura choza.

A medida que nos acercábamos, pude ver que estaba construida con troncos y ramas de árbol. Grupos de hojas anchas formaban el techo, no tenía ventana. Pero había unas estrechas aberturas entre las ramas.

—¡Oye…! —susurré. Vi una luz pálida que parpadeaba en una de las aberturas.

¿Una linterna? ¿Una vela?

—Hay alguien ahí —susurró Kareen, entornando los ojos.

Escuché a alguien toser.

¿Una mujer que tosía? ¿La tos de tía Benna? No podía decirlo a ciencia cierta.

—¿Crees que es mi tía? —susurré, acercándome a Kareen.

—Sólo hay una forma de averiguarlo —me contestó susurrando.

La cabeza reducida resplandecía en mi mano. La espeluznante luz amarilla y verde inundaba el suelo al tiempo que Kareen y yo nos acercábamos.

Más cerca.

—¿Tía Benna? —dije con una vocecita. Me aclaré la garganta. El corazón me latía con violencia—. ¿Tía Benna? ¿Eres tú?

24

La llamé nuevamente y me acerqué más al umbral de la puerta de la pequeña choza. Escuché un ruido sordo que provenía del interior. Vi un rayo de luz y escuché un grito sorprendido.

En el umbral apareció una linterna. Mis ojos se clavaron en la pálida luz amarilla y se movieron hacia arriba para ver a la mujer que sostenía la linterna.

Era baja... muy baja. Tan sólo medía unos centímetros más que yo y era un poco regordeta. Llevaba el lacio cabello negro recogido. A la luz de la linterna, vi que llevaba un pantalón color caqui y una chamarra de safari del mismo color.

—¿Quién es? —levantó la linterna frente a ella.

—¿Tía Benna? —grité, acercándome más—. ¿Eres tú?

—¿Mark? ¡No puedo creerlo! —exclamó. Se acercó corriendo a mí, con la linterna colgada a un lado. La luz rebotó sobre el crecido pasto, componiendo una danza de sombras.

Me abrazó.

—Mark... ¿cómo me encontraste? ¿Qué haces aquí? —tenía una voz aguda y animada, hablaba con mucha rapidez, sin respirar.

Me apartó de ella para examinar mi cara.

—No puedo creer que te haya reconocido. ¡No te había visto desde que tenías cuatro años!

—Tía Benna... ¿qué haces aquí? —le pregunté sin aliento—. Todos estamos tan preocupados.

—¿Cómo llegaron a Baladora? —preguntó, sujetándome el hombro con una mano y levantando la linterna con la otra. —¿Qué haces en la selva? ¿Cómo llegaste aquí? —exclamó nuevamente.

—Yo... yo usé la Magia de la selva —tartamudeé.

Sus ojos se abrieron como platos. ¿Por la sorpresa? ¿Por el miedo?

De repente me di cuenta que no me estaba viendo.

—Hola, ¿quién eres tú? —preguntó tía Benna en voz baja, dirigiendo la linterna hacia los árboles.

Kareen salió del extremo del claro. No me había percatado que ella se había quedado atrás ante la excitación por haber encontrado a mi tía.

—Ella es Kareen —le dije a mi tía—. ¿La conoces? Es la hija del doctor Hawlings.

Tía Benna jadeó. Me apretó el hombro.

—¿Por qué la trajiste? ¿No te das cuenta que...?

—Está bien —dijo Kareen rápidamente—. Estaba preocupada por ti, por eso seguí a Mark.

—Ella me ayudó —le expliqué a tía Benna—. Kareen me ayudó a escapar del doctor Hawlings y Carolyn. Kareen me ayudó a adentrarme en la selva.

—Pero… pero… —balbuceó tía Benna—. ¿Le contaste sobre la Magia de la selva?

—¡Sólo vine a ayudar! —insistió Kareen—. Mi padre está preocupado por ti. Él…

—¡Tu padre quiere matarme! —gritó tía Benna enojada—. Por eso tuve que escapar, por eso tuve que dejar todo y esconderme en la selva —miró a Kareen, con los ojos entornados y el rostro rígido y severo ante la luz amarilla de la linterna.

—No hay problema con Kareen —le aseguré—. Sólo quiere ayudar, tía Benna. En serio.

Mi tía se volteó hacia mí.

—¿Carolyn y Hawlings te trajeron aquí?

Asentí.

—Sí. Para encontrarte. Carolyn me llevó esto —saqué la cabeza reducida del bolsillo de mi camisa. Había dejado de brillar.

—Ellos me dijeron que yo tenía la Magia de la selva —continué—. No sabía qué querían decir, pensé que estaban locos. Entonces, cuando me adentré en la selva para buscarte, descubrí que sí la tengo.

Tía Benna asintió.

—Sí. La tienes, Mark. Te la di cuando te visité. Cuando tenías cuatro años te hipnoticé y te transferí el poder de la Magia de la selva. Para que estuviera segura.

—Sí, leí tu cuaderno —le dije—. Leí porqué me habías dado la magia. Pero no decía qué era la Magia de la selva.

—Tan sólo sabía que...

98

—Es una fuerza poderosa —dijo mi tía bajando la voz—. Es una fuerza poderosa que cumplirá tu voluntad y hará realidad tus deseos. Sus ojos se llenaron de tristeza. —Pero no podemos hablar de eso ahora —dijo susurrando. Estamos en peligro aquí, Mark. En verdadero peligro.

Iba a contestarle. Pero escuché crujidos desde los árboles. ¿Pisadas?

Los tres giramos hacia el sonido.

Ante mi sorpresa, Kareen empezó a correr a través del pasto. Se llevó ambas manos alrededor de la boca.

—¡Por aquí, papi! —gritó—. ¡Por aquí! ¡Encontré a Benna, papi! ¡Apúrate!

25

Me quedé boquiabierto, conmocionado. No había tiempo para correr.

Un rayo de luz salió de los árboles. Detrás de él, venía trotando sobre el crecido pasto el doctor Hawlings. Llevaba una linterna en una mano. La luz me golpeó los ojos, luego se movió hacia tía Benna.

¿El doctor Hawlings llevaba una pistola? ¿Algún tipo de arma? No pude ver y no quería averiguarlo.

Sujeté a tía Benna del brazo y la jalé. Quería correr, escapar selva adentro.

Sin embargo, mi tía se negó a moverse. Parecía congelada por la sorpresa o el miedo.

El papá de Kareen trotó hacia nosotros, respirando con dificultad. A pesar de la luz tenue, pude ver la sonrisa de satisfacción en su rostro.

—Buen trabajo, Kareen —le dio un golpecito en el hombro—. Sabía que si ayudabas a Mark a escapar, él nos conduciría directo a su tía.

Seguía sujetando el brazo de tía Benna y miré enojado a Kareen. Me había engañado, había fingido ser mi amiga. Sin embargo, todo el tiempo había trabajado para su padre.

Kareen me devolvió la mirada durante un momento. Luego bajó los ojos al suelo.

—¿Por qué me engañaste? —le pregunté—. ¿Por qué lo hiciste, Kareen?

Ella levantó la vista y me miró.

—Papá necesita la Magia de la selva —contestó con suavidad.

—¡Pero me *mentiste!* —grité.

—No tenía otra alternativa —dijo Kareen—. Si tu padre necesitara tu ayuda, ¿qué harías tú?

—Hiciste lo correcto, Kareen —le dijo el doctor Hawlings.

Levantó la linterna hacia la cara de tía Benna. La obligó a cubrirse los ojos.

—¿Realmente creías que podrías estar escondida para siempre, Benna? —le preguntó con suavidad.

—Lo... lo siento —le dije a mi tía—. Todo es mi culpa. Yo…

—No —tía Benna puso una mano sobre mi hombro—. No es tu culpa, Mark. Es mi culpa, no sabías nada sobre todo esto. Y ahora me temo que estás metido en un gran lío.

El doctor Hawlings se rió burlonamente.

—Un gran lío. Eso es verdad —se acercó a tía Benna—. Quiero el secreto de la Magia de la selva, Benna. Enséñame cómo funciona y dejaré que tú y tu sobrino salgan de la isla ilesos.

¿Ilesos?

No me gustaba cómo sonaba eso.

Mientras el doctor Hawlings miraba fijamente a mi tía, saqué la cabeza reducida de mi bolsillo. Había decidido que usaría la Magia de la selva, la usaría para escapar de este lío.

Levanté la cabeza reducida lentamente frente a mí. Abrí la boca para decir la palabra secreta. Pero me detuve cuando vi la mirada de tía Benna.

Me estaba diciendo con los ojos que no la pronunciara.

—¿Qué ocurre? —preguntó el doctor Hawlings, volteando enojado hacia mí—. ¿Qué estás haciendo?

—No se la digas —rogó tía Benna—. No permitas que sepan la palabra secreta.

Bajé la cabeza reducida.

—No lo haré —susurré.

—Está bien, papi —dijo Kareen, mirándome—. Sé cuál es la palabra. Mark me la dijo. Puedo decirte cual es. Es…

26

Coloqué la mano sobre la boca de Kareen.

—¡Corre! —le grité a tía Benna—. ¡Corre… ahora!

Con un grito enojado de ataque, tía Benna bajó el hombro y se lanzó contra el doctor Hawlings. Se abalanzó sobre él como un jugador de fútbol americano y lo tumbó contra la cabañita.

Él lanzó un gemido sorprendido. La linterna salió volando y rodó por la tierra.

Me aparté con un giro de Kareen y seguí a mi tía. Nuestros zapatos hacían un ruido sordo sobre el crecido pasto mientras corríamos hacia los árboles.

Estábamos cerca del final del claro cuando Carolyn se interpuso en nuestro camino.

—¿Qué prisa tienen? —preguntó, impidiéndonos el paso—. La fiesta está apenas empezando.

Tía Benna y yo nos dimos la vuelta. El doctor Hawlings se había puesto detrás de nosotros. Estábamos atrapados.

Carolyn levantó la linterna. Miró con sus ojos plateados a tía Benna. Carolyn sonrió y le dedicó una mirada fría y desagradable.

—¿Cómo estás, Benna? Te extrañamos.

—Ya fue suficiente charla —murmuró el doctor Hawlings, haciendo una señal con la linterna—. Está muy oscuro para volver al cuartel. Tenemos que pasar la noche aquí.

—Qué agradable —dijo Carolyn, sonriéndole de la misma forma a tía Benna.

Tía Benna frunció el ceño y miró hacia otro lado.

—Carolyn, pensé que eras mi amiga.

—Todos somos buenos amigos aquí —dijo el doctor Hawlings—. Y a los buenos amigos les gusta compartir. Por eso tú vas a compartir con nosotros el secreto de la Magia de la selva, Benna.

—¡Nunca! —exclamó mi tía, cruzándose de brazos.

—*Nunca* no es una palabra para los amigos —dijo bruscamente el doctor Hawlings—. Cuando sea de día, regresaremos al cuartel. Entonces tendrás que decirnos todo, Benna. Compartirás con nosotros todos tus secretos. Y nos vas a dar la Magia de la selva a Carolyn y a mí.

—Como una buena amiga —agregó Carolyn.

—Vamos —dijo el doctor Hawlings. Colocó su pesada mano en mi espalda y me empujó hacia la cabañita. Kareen estaba sentada sobre la tierra, con el cuello hacia arriba y la espalda recargada contra un muro.

—Tú y Benna… a la choza —ordenó el doctor Hawlings empujándome con fuerza otra vez—. De esa forma, podremos vigilarlos.

—Estás perdiendo el tiempo, Richard —dijo tía Benna. Estaba intentando sonar ruda, sin embargo la voz le temblaba al hablar.

El doctor Hawlings nos obligó a entrar a la oscura choza. Tía Benna y yo nos acomodamos en la tierra. A través de las ranuras del muro, podía ver la luz de sus linternas.

—¿Nos van a vigilar toda la noche? —susurré.

Tía Benna asintió.

—Ahora somos sus prisioneros —me contestó susurrando. Suspiró—. Pero no podemos permitir que sepan el secreto de la Magia de la selva. ¡No podemos!

Me acerqué a mi tía.

—Si no se los damos —dije con suavidad—, ¿qué nos van a hacer?

Tía Benna no contestó.

—¿Qué nos van a hacer? —repetí.

Ella miró fijamente el suelo y no contestó.

27

Cuando el doctor Hawlings se asomó en la choza y nos despertó a la mañana siguiente, un sol rojo y redondo se alzaba en el cielo.

Sólo había dormido unos cuantos minutos. La choza no tenía piso y la tierra era dura. Cada vez que cerraba los ojos, soñaba con la cabeza reducida en mi bolsillo. Soñé que la sostenía en la mano. Ella parpadeaba y empezaba a mover los labios

—*¡Estás condenado!* —exclamaba con un susurro aterrador y ronco—. *Estás condenado. Condenado. ¡Condenado!*

Tía Benna y yo salimos de la choza, estirándonos y bostezando. Aunque el sol todavía estaba bajo sobre los árboles, el aire ya se sentía caliente y húmedo.

Me dolía todo el cuerpo por haber estado acostado sobre la tierra dura. Mi camisa estaba húmeda y olía mal. El estómago me gruñía. Me rasqué el cuello y descubrí que estaba lleno de piquetes de mosco. Sin duda no era una mañana fantástica y no iba a mejorar.

Caminamos durante horas a través de la selva

bochornosa. Carolyn y Kareen guiaban la comitiva. El doctor Hawlings caminaba detrás de tía Benna y de mí, asegurándose de que no intentáramos escapar.

Nadie dijo una palabra. Los únicos sonidos que se escuchaban eran los gritos de los animales, el gorjeo de los pájaros en lo alto y el crujido de la mala hierba y el pasto mientras pasábamos caminando.

Enjambres de mosquitos blancos volaban encima de la vereda, zumbando juntos como pequeños tornados. El sol resplandecía a través de los árboles y quemaba mi nuca.

Cuando finalmente regresamos a la hilera de cabañitas, estaba acalorado, sudoroso, muriéndome de hambre y de sed.

El doctor Hawlings nos empujó dentro de una cabaña vacía. Azotó la puerta detrás de nosotros y la cerró con llave.

La cabaña tenía dos sillas plegadizas y una camita sin sábanas ni cobijas. Me tumbé preocupado sobre el colchón desnudo.

—¿Qué nos va a hacer?

Tía Benna se mordió el labio.

—No te preocupes —dijo con suavidad—. Intentaré pensar en algo. —Atravesó el cuartito y trató de abrir la ventana. Estaba atorada o cerrada desde afuera.

—Tal vez podamos romper el vidrio —sugerí.

—No, nos escucharían —contestó tía Benna.

Me froté la nuca. Los piquetes de los moscos me daban muchísima comezón. Me sequé el sudor de la

107

frente con el dorso de la mano.

La puerta se abrió. Kareen entró, llevaba dos botellitas de agua. Me aventó una a mí y la otra a mi tía. Después se dio la media vuelta rápidamente, cerró con fuerza la puerta detrás de ella y echó llave cuidadosamente.

Abrí la botella y me tomé el agua sin respirar. Todavía quedaban unas cuantas gotas en el fondo de la botella. Las rocié sobre mi cabeza. Después aventé la botella al suelo.

—¿Qué vamos a hacer? —le pregunté a tía Benna.

Ella estaba sentada en una de las sillas plegadizas, con un pie sobre otro. Se llevó un dedo a los labios.

—Sssh.

Afuera, escuché el cascabeleo de maquinaria. Un repiqueteo metálico. Escuché cómo el agua corría por una manguera.

Me dirigí rápidamente a la ventana y busqué, pero la ventana no daba al lado del cual provenía el ruido. No pude ver nada.

—Por suerte tenemos un poco de tiempo —murmuró tía Benna.

La miré fijamente.

—¿Disculpa?

—Un poco de tiempo —repitió—. Hawlings no se llevó la cabeza reducida. Estaba tan oscuro anoche que creo que no la vio.

Saqué la cabeza de mi bolsillo. El cabello negro estaba enredado. Empecé a alisarlo para atrás.

—Guárdala, Mark —ordenó Benna de forma

tajante—. No queremos que Hawlings la vea. No sabe que se necesita la cabeza para llevar a cabo la Magia de la selva.

—¿Esta cabeza en particular? —pregunté, guardándola en mi bolsillo—. ¿Sólo esta cabeza?

Tía Benna asintió.

—Sí. Esta cabeza y la palabra mágica, la palabra que te dije cuando te hipnoticé, cuando tenías cuatro años.

El cabello negro de la cabeza se veía fuera de mi bolsillo. Cuidadosamente lo metí.

Afuera, escuché otro sonido metálico. Escuché un chapoteo. El rugido del agua se hizo más fuerte.

—Estamos en grave peligro —dijo suavemente tía Benna—. Tendrás que usar la Magia de la selva para salvarnos, Mark.

Sentí un escalofrío de miedo. Sin embargo, murmuré:

—No hay problema.

—Espera hasta que te de una señal —me instruyó tía Benna—. Cuando parpadeé tres veces, saca la cabeza reducida y grita la palabra. Obsérvame. Observa para ver la señal, ¿está bien?

Antes de que pudiera responder, la puerta se abrió de golpe. El doctor Hawlings y Carolyn entraron apresuradamente, con una expresión lúgubre en el rostro. El doctor Hawlings llevaba una pistola grande y plateada.

—Afuera —nos ordenó, agitando la pistola.

Carolyn nos guió por la hilera de cabañas. Se dio

la vuelta y nos hizo detenernos detrás de la construcción principal del cuartel. Kareen estaba recargada en un muro, un ancho sombrero de paja le cubría los ojos.

El sol resplandecía. Sentía comezón y ardor en la nuca. Me acurruqué cerca de mi tía y entrecerré los ojos por la brillante luz del sol. A mi derecha, apareció el gran montón de cabezas reducidas.

Los ojos oscuros sobre las cabezas cafés y moradas, de piel, parecían mirarme fijamente. Las bocas estaban torcidas en una mueca horrenda de rabia y terror.

Aparté la vista del aterrador montón de cabezas diminutas... para ver algo todavía más aterrador.

Un enorme caldero negro se alzaba detrás de la construcción principal del cuartel. El agua se derramaba de la tapa, burbujeando e hirviendo.

El caldero estaba sobre una especie de calefactor eléctrico, como una estufa de color rojo. El agua que hervía en el interior burbujeaba y hacía vapor.

Me di la vuelta hacia tía Benna y pude ver que tenía una expresión asustada.

—¡No puedes hacer esto! —le gritó al doctor Hawlings—. ¡Sabes que no puedes salirte con la tuya!

—No quiero lastimarte —dijo con calma el doctor, sin ninguna emoción. Una sonrisa se dibujó en su rostro—. No quiero lastimarte, Benna. Tan sólo quiero poseer la Magia de la selva.

Mantuve mis ojos clavados en mi tía. Esperando su señal. Esperando que parpadeara tres veces como señal para ponernos en acción.

—Dame la Magia de la selva —insistió el doctor Hawlings.

Carolyn avanzó a su lado, con las manos en la cintura.

—Dánosla, Benna. No queremos problemas. En serio.

—¡No! —la palabra salió de la boca de mi tía—. ¡No! Ambos saben que nunca les revelaré el secreto de la Magia de la Selva. No a ustedes. ¡Nunca!

Carolyn suspiró.

—Por favor, Benna. No lo hagas difícil.

Mi tía la miró fijamente.

—Nunca —murmuró.

Tía Benna parpadeó. Tragué saliva, observando si parpadeaba otras dos veces.

No, no era la señal, todavía no.

El doctor Hawlings avanzó.

—Por favor, Benna. Te daré una última oportunidad. Dinos el secreto… ahora.

Tía Benna sacudió la cabeza.

—Entonces no tengo otra alternativa —dijo el doctor Hawlings sacudiendo la cabeza—. Ya que ustedes dos son los únicos que saben el secreto, son demasiado peligrosos. El secreto debe morir con ustedes.

—¿Qué... qué nos van a hacer? —pregunté.

—Vamos a reducir sus cabezas —contestó el doctor Hawlings.

28

El caldero siseó cuando el agua se derramó por un lado. Miré aterrorizado el vapor que se elevaba sobre el caldero.

¿Realmente iba a reducir nuestras cabezas? ¿Iba a terminar encogido y arrugado, de piel, con una cabeza del tamaño de una manija de puerta?

Obligué a mis piernas a dejar de temblar y miré a tía Benna. La miré fijamente, intensamente, vigilando sus ojos. Esperando a que parpadeara tres veces.

"*¡Apúrate!*" —rogué en silencio—. *¡Apúrate... antes de que nos aviente al agua hirviendo!*

Kareen miraba la escena en silencio. "¿En qué está pensando?", me pregunté. No podía ver su expresión. Su cara estaba oculta bajo el ala del sombrero de paja.

—Benna, una última oportunidad —dijo con suavidad el doctor Hawlings—. Porque me caes bien. Y tu sobrino me cae bien. No dejes que lastime a tu sobrino, Benna. Hazlo por él, ¿está bien? Dime el secreto… por el bien de Mark.

—No vale la pena, Benna —Carolyn se unió—. Será tan fácil darnos el secreto de la Magia de la selva.

—No... no puedo —tartamudeó Benna.

—Entonces no tenemos alternativa —dijo el doctor Hawlings, casi con tristeza—. El chico va primero.

Dio un paso hacia mí.

Tía Benna parpadeó. Una vez. Dos veces. Tres veces.

¡Finalmente!

Con la mano temblorosa, saqué la cabeza de mi bolsillo.

La levanté frente a mí. Abrí la boca para gritar la palabra secreta.

Sin embargo, el doctor Hawlings me arrebató la cabeza de la mano. La sujetó… y la aventó al montón de cabezas.

Después se abalanzó sobre mí, estirándose para sujetarme con ambas manos. Lo esquivé y me tiré al asqueroso montón de cabezas.

Empecé a apartarlas frenéticamente con ambas manos. Levanté una, apartándola, sujeté la siguiente, la siguiente, otra más.

Se sentían pegajosas y calientes. Duras como pelotas de béisbol. Su cabello me raspaba las manos. Los ojos oscuros me miraban fijamente con una expresión inmóvil. Eran tan horrendas que el estómago se me revolvió. Empecé a jadear y resollar.

Detrás de mí, pude escuchar que mi tía luchaba contra el doctor Hawlings intentando mantenerlo lejos de mí.

Escuché los gritos de Carolyn, los gritos de alarma de Kareen.

113

Tenía que encontrar *mi* cabeza reducida. Tenía que encontrarla antes de que el doctor Hawlings se liberara y me sujetara.

Levanté una. La aventé. Levanté otra. La aventé.

¿Cómo podría encontrar la mía? ¿Cuál era? ¿Cuál de todas? ¿Cuál?

29

Sujeté una cabeza. Vi que tenía hormigas que se estaban subiendo por las mejillas.

Levanté otra.

Me miró con sus ojos verdes de vidrio.

Levanté otra.

Tenía una larga cicatriz blanca en la oreja.

Iba a aventarla, de regreso al montón, pero me detuve.

¿Una cicatriz en la oreja?

¡Sí! ¡Esa cabeza era la mía!

—¡Gracias, Jessica! —grité con todas mis fuerzas.

Con un grito enojado, el doctor Hawlings se lanzó sobre mí. Me abrazó y empezó a arrastrarme para bajarme del montón de cabezas.

—¡Kah-li-ah! —grité, sosteniendo con firmeza la cabeza reducida... *mi* cabeza reducida—. ¡Kah-li-ah!

"¿Nos salvará a tía Benna y a mí? —me pregunté. ¿La Magia de la selva funcionará esta vez?".

El doctor Hawlings tenía todavía los brazos alrededor de mis hombros. Todavía seguía intentando jalarme hacia el caldero hirviente.

—¡Kah-li-ah! —grité.

Sus manos se resbalaron.

Parecía que se estaban haciendo pequeñas, parecía que sus brazos también se encogían.

—¿Eh? —lancé un grito sorprendido cuando me di cuenta que se estaba *reduciendo*. ¡Todo el cuerpo del doctor Hawlings se estaba encogiendo, haciéndose cada vez más pequeño!

Levanté la vista hacia Carolyn y Kareen. También se estaban reduciendo. Encogiéndose hacia la tierra.

Kareen desapareció bajo el sombrero de paja. Después salió corriendo por debajo del ala. Una Kareen diminuta, del tamaño de un ratón.

Los tres, Kareen, Carolyn y el doctor Hawlings, correteaban por el pasto. Del tamaño de un ratón, chillando enojados con diminutas voces de ratón. Permanecí al lado del montón de cabezas y los vi escabullirse sobre la tierra, chillaban y refunfuñaban. Los observé hasta que desaparecieron en el interior de la selva.

Después me di la vuelta hacia tía Benna.

—¡Funcionó! —grité—. ¡La Magia de la selva… nos salvó!

Ella se acercó rápidamente a mí y me abrazó.

—Lo hiciste, Mark. ¡Lo hiciste! ¡Ahora la selva está segura! ¡El mundo entero está seguro!

Hubo más abrazos cuando tía Benna y yo regresamos. Abrazos de mamá… e incluso de Jessica.

Fueron a recibirnos al aeropuerto. Después mamá

nos llevó a casa para una gran cena de bienvenida. Tenía tantas historias que contar que empecé a decirlas desde el carro, y no dejé de hablar hasta después de la cena.

Casi era hora de ir a la cama cuando tía Benna me llevó al estudio. Cerró la puerta detrás de nosotros e hizo que me sentara en el sofá.

Se sentó a mi lado.

—Mírame a los ojos —dijo con suavidad—. Mírame fijamente, Mark. Fijamente.

Levanté los ojos hacia ella.

—¿Qué vas a hacer? —pregunté.

No escuché su respuesta.

Mientras la miraba fijamente, el cuarto se desvaneció. Los colores parecieron difuminarse y borrarse. Creo que vi los pósteres de la pared del estudio moverse de un lugar a otro, creo que vi que las sillas y la mesa del café se deslizaron sobre el piso.

Después de un rato, pude enfocar nuevamente el cuarto. Tía Benna me sonreía.

—Eso es —dijo, apretándome la mano—. Ya estás de regreso a la normalidad, Mark.

—¿Eh? —la miré detenidamente—. ¿Qué quieres decir?

—Ya no tienes la Magia de la selva, Mark —explicó tía Benna—. Te la quité. Eres un chico normal otra vez.

—¿Quieres decir que si grito Kah-li-ah no ocurrirá nada? —pregunté.

—Sí. —Me sonrió, sujetándome todavía la mano—.

Te quité la magia. La cabeza reducida ya no tiene poderes. Y tú no tienes poderes. Nunca más tendrás que preocuparte por eso.

Se levantó y bostezó.

—Ya es tarde. Es hora de dormir, ¿no crees?

Asentí.

—Sí. Supongo. —Seguía pensando que ya no tenía la Magia de la selva—. ¿Tía Benna?

—¿Sí?

—¿Puedo conservar la cabeza reducida?

—Por supuesto —contestó, ayudándome a ponerme de pie—. Conserva la cabeza reducida como un recuerdo. De esa forma, siempre recordarás tu aventura en la selva.

—No creo que pueda olvidarla tan fácilmente —contesté. Luego le di las buenas noches y me dirigí a mi cama.

A la mañana siguiente, me desperté temprano y me puse la ropa lo más rápido que pude. No podía esperar a llegar a la escuela y enseñarle la cabeza reducida a Eric y a Joel y a todos los otros chicos.

Engullí mis hojuelas de maíz y me tomé de un solo trago el jugo de naranja. Me acomodé la mochila en la espalda. Le dije adiós a mamá. Sujeté la cabeza reducida y me dirigí a la puerta.

Sujetando la cabeza cuidadosamente en la mano, empecé a trotar a lo largo de la acera. Era un día brillante y soleado. El aire olía dulce y caliente.

Mi escuela está a sólo tres cuadras de distancia de

118

la casa. Sin embargo, al trotar parecía estar a kilómetros.

No podía esperar a llegar ahí y enseñarles la cabeza a todos. No podía esperar a contarles a mis amigos mis aventuras en la selva.

Pude ver la escuela en la cuadra siguiente y me fijé en un grupo de chicos que perdían el tiempo frente a la puerta.

Corrí a través de la calle y sentí de repente que la cabeza se movió en mi mano.

Se movió.

—¿Eh? —resoplé y la miré fijamente.

Los ojos parpadearon y me miraron fijamente.

Los labios se cerraron y se volvieron a abrir.

—Oye, niño —gruñó la cabeza—. *¡Déjame* contarte la parte sobre la tigresa!